W0291667

COLLECTION FOLIO

Elsa Morante

Le châle andalou

Traduit de l'italien
par Mario Fusco

Gallimard

Titre original :

LO SCIALLE ANDALUSO

© *Giulio Einaudi, Editore, 1963.*
© *Éditions Gallimard, 1967, pour la traduction française.*

Elsa Morante est née en 1918 dans une famille de condition modeste. Pendant sa jeunesse, elle est mêlée aux tragiques aventures de la guerre et vit pendant un an avec les réfugiés et les paysans de l'Italie méridionale. Elle débute en littérature par des nouvelles, *Il gioco segreto*, en 1941. Son roman, *Mensonge et sortilège*, reçoit le prix Viareggio en 1948. Puis *L'île d'Arturo*, en 1957, obtient le prix Strega. Elle reçoit donc ainsi les deux plus grandes distinctions littéraires italiennes. En 1958, elle publie des poèmes, *Alibi*, puis d'autres nouvelles, *Le châle andalou*, en 1963. Enfin son grand roman, *La Storia*, place Elsa Morante au premier rang des lettres italiennes.

à Lucia

Tu es l'oiselle de mer, qui a bâti son nid
sur les rochers sombres, parmi les sables noirs.
Nul brin d'herbe sur ces buttes atroces,
nulle voix d'autres familles. Seuls, des échos de massacres éclatent ici, venus du large, par-dessus les trombes et les tourbillons de l'eau.

Mais elle, pleine de grâce,
sous son aile jalouse
qui veille ses petits œufs chéris,
elle écoute le frisson nu d'autres petites ailes, ses filles
et ses affections tranquilles ne connaissent rien d'autre.

De là,
demain,
grande et blanche, éployée,
elle guidera une cour puérile, ailée,
vers de terrestres paradis.

Le voleur de lampes

Bien que je n'aie pas vécu un nombre d'années suffisant pour pouvoir le croire, je suis presque certaine d'avoir été cette petite fille. Je vois distinctement la rue, étroite, sale, sur laquelle les fissures du vieux crépi dessinaient des silhouettes et des taches. La maison de cinq étages (ma famille occupait le dernier) était la plus haute de la rue. Au fond, se trouvait le Temple.

Je n'avais pas plus de six ans. De mes fenêtres, je voyais passer des hommes pâles, des femmes brunes avec une expression presque toujours vulgaire ou louche, des enfants à moitié nus, gris de poussière. Je voyais, aussi, en face, une maison jaunâtre, avec des tendelets aux fenêtres, et, sur le côté, une grande cour sans herbe.

Souvent, il y avait une rangée d'hommes, surtout des militaires, qui attendaient dans cette cour. Ils entraient à tour de rôle, pour quelques minutes ; et puis ils s'éloignaient en échangeant des plaisanteries et en bavardant. Aux fenêtres du premier étage se penchaient toujours des femmes mystérieuses, et gaies, le visage écarlate, les yeux bistrés, avec une voix

forte et décidée. J'entendais, surtout la nuit, leurs appels à voix basse ; quand mon père revenait du café, bien qu'il ne fût qu'un vieux bossu, elles l'invitaient :
— Veux-tu monter, beau brun ? Tu veux ?

Ma mère, encore jeune, maigre, avait un visage gracieux, fané par la rancœur. A toute occasion, elle se frappait rageusement le front avec ses poings, et quand je faisais des bêtises, elle avait l'habitude de me maudire, en un hébreu solennel, et en tournant vers le Temple ce visage défait. Et j'étais épouvantée, car je savais que les malédictions des pères et des mères, répercutées d'écho en écho, arrivent toujours à Dieu.

Dès qu'il faisait nuit, tandis que mon père s'en allait à son café, elle allait se promener sur les murs avec ma grande sœur, la belle, la hautaine. Je restais à la maison, pour ne pas laisser la vieille toute seule.

Cette grand-mère était sourde, et elle avait l'air d'être en bois. Une innombrable succession d'années l'avait lentement sucée, jusqu'au point de la réduire à un petit squelette de bois, qui, peut-être, ne pouvait même plus mourir. Sa tête était presque chauve, ses paupières sombres étaient toujours baissées. Elle tenait immobiles, le long de ses côtés, ses mains dont les ongles étaient d'un bleu livide. A ma grande stupeur, j'avais découvert qu'elle se bandait la poitrine et les hanches, comme on le fait aux enfants, et, par-dessus toutes ces bandes, elle mettait d'amples haillons gris. On disait qu'elle était riche.

Dès que les autres étaient sortis, d'une phrase tronquée, qui glissait avec peine entre ses gencives, elle me donnait l'ordre d'éteindre la lumière ; il était inutile, pour nous deux, de gaspiller le pétrole. Puis elle devenait muette et immobile. J'obéissais, bien qu'en tremblant. En effet, dès que j'avais tourné la petite clef de la lampe, le fantôme de l'obscurité et de la peur se dressait derrière mon dos, montrant à la place des yeux deux fosses noires. Et moi, pour avoir un peu de clarté, je me blottissais auprès de la fenêtre.

L'événement se produisit il y a plus de cinquante ans.

De la fenêtre, je pouvais apercevoir le Temple, sa coupole trapue, les marches, les longues fenêtres aux vitres colorées, et, à travers les vitres, le rougeoiement opaque des lampes des morts. Les lampes de fer forgé pendaient à l'intérieur du temple, et celui qui voulait en dédier une à un mort devait payer le gardien Yusvine pour qu'il la rechargeât d'huile et qu'il prît soin de ne la laisser s'éteindre ni jour ni nuit. Les morts, dans leurs ténèbres, étaient beaucoup plus tranquilles s'ils possédaient une lampe.

Ce n'est que de mes fenêtres que l'on pouvait apercevoir l'intérieur du temple, avec ses lumières rouges. Je voyais le gardien Yusvine gravir chaque soir les marches pour fermer le Temple et remettre de l'huile. C'était un homme brun, beau et solennel, avec des yeux noirs, la barbe et les cheveux bouclés. Si noir dans la pénombre, il paraissait un prophète ou un ange, tandis qu'il montait au Temple, de son pas oblique, en portant les lourdes clefs. Mais un soir, il venait d'entrer, et je vis les lampes s'éteindre une à une ; puis il sortit, méfiant, avec son éteignoir, en laissant derrière lui un noir énorme.

— Grand-mère ! criai-je. Yusvine a éteint toutes les lampes des morts.

— Non, chuchota la sourde. — Il ne faut pas gaspiller le pétrole. Il ne faut pas allumer la lampe.

— Tu ne comprends pas ? criai-je en tremblant des pieds à la tête. Yusvine a éteint les lampes ! les lampes !

— Marianna va bientôt rentrer, oui, oui, répondit la vieille.

Alors je renonçai à lui expliquer ce secret. Je voyais autour de moi les figures de l'ombre, et je tremblais qu'elles n'ouvrissent leurs bouches, et ne se missent à me parler. Je tremblais pour ce qu'elles pourraient me dire, et pour ce que dirait le Seigneur.

Tous les soirs, depuis ce jour, je vis Yusvine refermer derrière lui le portail du Temple, et éteindre les lampes. Son but était d'économiser l'huile, pour tirer profit du tribut qu'il percevait pour les lampes. C'est ce que m'expliqua ma mère ; et elle me dit aussi de me taire, parce que l'homme avait six petits enfants, et qu'une dénonciation lui ferait perdre sa place. Donc, silence. Dieu le voyait, et il s'occuperait de le punir, celui qui volait la lumière des morts. Dieu fera justice.

— Voleur ! Voleur ! criaient mes nerfs et mes os, lorsque je voyais cette ombre monter, lentement, le long des escaliers. J'attendais anxieusement de voir ses mains tomber, comme deux chiffons. J'aurais voulu courir au Temple, crier fort : « Je te vois ! Je te vois quand tu voles la lumière des morts ! Tu n'as pas peur... de Dieu ? » Mais je restais immobile, paralysée dans l'ouverture de la fenêtre. Je pensais aux morts, sous la terre, privés de toute lumière. Et pour ne pas voir, je me couvrais le visage jusqu'au moment où j'étais de nouveau attirée par cette ombre longue qui descendait maintenant, avec son éteignoir, et qui disparaissait dans les ruelles.

Un soir, il ne vint pas, et les lumières tremblèrent tranquillement derrière les vitres. Quand il reparut, après un intervalle, il ne pouvait plus parler. Il tirait à grand-peine de sa gorge des sons rauques et des balbutiements, et il écarquillait les yeux, avec des gestes de pantin, comme font les muets ; jusqu'au jour où des hurlements et des râles de bête résonnèrent dans les ruelles. C'était Yusvine qui mourait. « Voilà la justice du Seigneur », dit-on. Le doigt du Seigneur l'avait touché sur la langue, et maintenant, cette langue maudite de Yusvine se défaisait en une plaie. C'était une maladie que les gens osaient à peine nommer avec effroi (pour moi, je la rattachais, à cause de son nom fantastique, à la faune féroce de la mer et aux tropiques de l'Afrique). Et ces hurlements coururent à travers toutes les rues, répétant que le corps du pécheur se tordait et suait. Et ils ne connurent pas un instant de repos, jusqu'au silence.

« Il n'aura jamais de paix — dirent-ils, en hochant la tête. Ni lui, ni ses fils. »

Quand j'allais à l'école, je rencontrais souvent ses enfants, surtout Angiolo et Esther. Ils étaient très beaux, bien qu'ils fussent si sales et nus. Les deux grands yeux d'Angiolo étaient pareils à deux feux, et, quand il riait, il avait des fossettes. Esther avait des boucles splendides, les jambes fines, et son visage rond était comme un fruit. Je les observais, effrayée. Je pensais que le doigt de Dieu allait les toucher sur la langue, comme il avait fait pour leur père, et voilà que l'étrange bête africaine la leur rongeait. Et ils ne pourraient plus parler, plus tard, sinon avec des sons pitoyables. L'un derrière l'autre, muets, avec une plaie dans la bouche, les enfants de Yusvine, et les enfants de leurs enfants, devraient passer devant le Seigneur.

Cette scène me tourmentait dans ma solitude d'enfant et reparaissait dans mes rêves ; mais je vis quelque chose de plus clair, ce soir d'été, auprès du Temple.

Il m'était arrivé un grand malheur. Mon père m'avait ordonné de sortir, et il m'avait donné une pièce de monnaie, en me chargeant de jouer trois nombres à la loterie. En revenant du guichet, absorbée dans mes rêveries, j'avais perdu le billet que j'avais pris, avec les nombres. Fébrilement, j'avais erré à travers ces rues en sanglotant doucement, et en fouillant dans la poussière. Et puis je restai immobile, blottie contre le haut mur, dans l'ombre nocturne du Temple. Je pensais ne plus rentrer à la maison, sortir du ghetto, sortir de la ville et mourir. Dans ma pensée, j'appelais mon père, à ce moment, du surnom que lui donnaient les gens : le petit bossu. Bien des fois, on m'avait demandé : « C'est toi, la fille du petit bossu ? » Et maintenant, dans mon esprit effrayé, passaient des idées nouvelles, des éclairs sacrilèges : « Le petit bossu va me battre. Pourquoi doit-il me battre ? Je suis petite, mais je suis belle, j'ai deux longues tresses et je sais lire. Lui, c'est un petit bossu. Je ne veux pas être battue par lui. Mais j'ai perdu le billet de loterie, qui aurait peut-être gagné. J'ai mal fait, il était à lui, et il va me battre. Et ma mère me maudira. C'est le châtiment. Je me promenais en regardant les maisons, les fenêtres et les visages, sans penser au billet, et j'ai péché. Yusvine aussi a péché, et le Seigneur l'a puni. »

Voici Yusvine, en présence du Seigneur. Le Seigneur n'a ni corps ni visage ; il est comme une nuée d'orage, comme l'ombre d'une montagne : « — Pitié, Seigneur, je l'ai fait pour mes enfants. Donne de l'eau à ma langue, du sommeil à mes yeux. Pitié de mes pas qui envient les morts tranquilles. » Ce sont là des mots qui se sont ensevelis dans sa gorge, mais ils ne prendront jamais forme sur ses lèvres. La bouche se tord et geint, l'homme gesticule et sue. Et lui, le Sans-Forme, il ne parle pas. Son silence signifie : Toi, voleur.

Cependant beaucoup d'autres sont arrivés, silencieux, sortis des murs du Temple. Leurs corps sont des masses sombres, leurs visages sont des masques aux orbites vides ; et pourtant, il me semble reconnaître quelqu'un. Voici la vieille Mitilda, celle qui cuisait des graines de citrouille et puis qui, m'a-t-on dit, est allée au ciel. Pourtant elle est là, avec ses souliers percés et un fichu noué autour de son visage sans regard. Et voici Lazzarino et son fils Mandolino, très grands, avec de grands bras, et un chapeau haut de forme au-dessus de leur visage squelettique. Oui, ce sont eux et je n'en connais pas d'autres, mais tous se ressemblent, et ils traînent entre les murailles noires leurs pieds lourds. Certains ont d'étranges vêtements, faits de haillons, de couleurs variées et déteintes, ou des bandes de chiffon autour du buste ; et des chapeaux de toutes les formes, comme ceux que l'on voit dans les théâtres. Certaines femmes portent de grandes robes qui traînent par terre, sans bruit, et du noir et du rouge sur la peau. Et d'autres au contraire sont pâles et à moitié nus.

Ce sont les morts, et ils chancellent en hésitant, et ils tendent les lèvres, comme pour boire, en réclamant leur lampe. Aucun d'eux n'a d'ailes ; ils ressemblent à des taupes sorties de la terre. Sous terre, ils croyaient certainement voir encore le jour dans cette lampe, et maintenant ils le cherchent à tâtons. Seuls, les vivants peuvent l'allumer et l'éteindre ; telle est la volonté de Dieu, au milieu d'eux, du silencieux, de celui qui châtie les vivants et enferme les morts dans la terre.

Tel était mon Dieu ; et j'ai été cette petite fille, ou bien c'était ma mère, ou peut-être la mère de ma mère ; je suis morte et née de nouveau, et à chaque naissance, commence un nouveau chemin incertain. Et cette petite fille est toujours là, qui interroge avec effroi, dans son monde incompréhensible, sous l'ombre du juge, parmi les muets.

L'homme aux lunettes

Le trois décembre (c'était un jeudi) l'homme sortit de son triste bureau situé à la périphérie de la ville. Ses cheveux étaient en désordre, sa barbe longue et hérissée par le froid, et les cernes qu'il avait sous les yeux mettaient sur ses joues une ombre noire. Il eut la sensation vague, et comme étrangère, qu'il chancelait, et le craquement des escaliers de bois retentit comme une résonance très proche de ses oreilles.

A l'entrée des bureaux, la concierge qui écartait la neige avec une pelle s'arrêta et le fixa :

— « Quelle heure est-il ? lui demanda-t-il. — Il est neuf heures, lui répondit-elle, et elle le suivit curieusement de ses yeux rouges. — Vous êtes parti, ces jours derniers ? demanda-t-elle enfin. — Quels jours ? dit-il en faisant un énorme effort pour prononcer les mots, je n'ai jamais quitté la ville. — Je disais ça parce que je ne vous ai plus vu » expliqua la concierge.

L'homme aurait voulu lui expliquer que, juste la veille au soir, il était passé chercher son courrier dans sa loge, mais il pensa qu'il était inutile de se fatiguer avec une sorcière de ce genre. Et il continua le long de la rue glacée, suivi de son regard stupide.

Il était neuf heures ; il irait à la crémerie pour dîner, puis il chercherait à passer les heures d'une façon ou d'une autre, jusqu'au moment de s'en aller chez *elle*. La veille, qui était un jour de fête, il n'avait pu la voir. « Horrible dimanche » pensa-t-il. Il se souvenait d'avoir erré toute la journée dans les rues de la ville, sous les maisons hautes et noires, et dans la neige sale, en cherchant à apercevoir quelque part ces ronds mollets nus, ces jolis yeux d'oiseau. Peut-être était-ce pour cela qu'il s'était éveillé avec les os brisés. Naturellement, hier, son vagabondage de fou avait été inutile ; mais aujourd'hui, comme d'habitude, il la verrait. A cette certitude, un nuage lui couvrit les yeux, et il eut un coup au cœur, qui lui coupa le souffle.

Il marchait dans la neige molle sans regarder, en s'enfonçant souvent dans les empreintes noires des chevaux. De très longs arbres sans ombre dominaient les maisons aux toits blancs. Devant la crémerie, trois hommes avaient allumé un feu ; il s'assit à sa place habituelle, en tournant le dos à la glace embuée, et il retira ses lunettes. Pleine d'attentions, la crémière accourut à lui ; mais il avait la sensation de voir les visages autour de lui étrangement contournés et recroquevillés, pleins d'yeux, et sans lèvres. Encore une fois, il se sentit vaciller.

« Monsieur a été malade, ces jours-ci ? demanda la voix de la crémière. — Mais non, répondit-il sèchement, vous vous rappelez peut-être qu'hier, j'étais ici, et que j'allais très bien. — Comment ! s'écria l'autre, étonnée, vous n'êtes pas venu depuis dimanche. — Hier, dimanche, c'est ça, murmura-t-il épuisé. — Mais aujourd'hui, c'est jeudi », continua la femme.

Il hocha la tête et se tut, avec mépris. Personne mieux que lui ne pouvait se rappeler que la veille était un dimanche, personne mieux que lui ne connaissait la fièvre agitée des dimanches, les allées et venues continuelles, les attentes inutiles. Maintenant le brouillard incompréhensible s'épaississait autour de lui, et il éprouvait la crainte obscure de s'évanouir dans cet endroit. « Mon front va heurter le marbre de la table », pensa-t-il. Mais il sentit que ses dents pénétraient dans le pain frais, et que sa langue aride s'humectait. Ses mains tremblaient pendant qu'il brisait le pain, et il avalait avec peine, mais maintenant, derrière la vitre opaque, il devinait, plus clairs, les arbres semblables à de grands oiseaux immobiles. Il crut entendre le sifflement du vent, et il sortit dans la rue ; des regards apitoyés le suivaient de la boutique. « C'est jeudi, pensa-t-il — et hier, c'était dimanche, ce n'est pas possible. » Et il se mit à rire sarcastiquement de cette absurdité. « Voyons, mon garçon, quel jour sommes-nous ? demanda-t-il au gardien de l'écurie, avec l'air d'un ivrogne. — Jeudi, répondit l'autre, en le regardant de travers, et soupçonneusement. — Mon Dieu ! » murmura-t-il ; et, avec un effort, il essaya de se souvenir, et revit sans aucun doute le soir de la veille, jour de fête, avec les boutiques fermées, la foule, son anxiété, et la façon dont il s'était enfermé dans son bureau, la nuit venue, après avoir demandé son courrier à la concierge.

Il traversa le pont de fer, dont la rambarde décrivait des arabesques, en équilibre par-dessus le fleuve gelé. Le ciel était verdâtre, lourd. Il vit apparaître les coupoles de la ville, les clochers pointus. « Où se sont envolés ces trois jours ? » pensa-t-il obscurément. Et il se mit à rire fort, en écoutant sa voix se répercuter longuement sur le pont désert. — « Et pourtant, je ne bois jamais », dit-il d'une voix haute, comme pour se justifier. Et soudain, il s'aperçut qu'il était déjà près de l'école. La cour avait été soigneusement balayée, mais le toit était couvert de neige. « Encore deux heures avant qu'elles ne sortent » pensa-t-il, égaré, et il marcha de long en large dans la cour, les bras le long du corps, comme une marionnette. Enfin il sortit de la cour et se dirigea, inerte, le long du pré, en écoutant le craquement plaintif de la neige sous ses pieds ; il s'arrêta sous un arbre bas, aux branches maigres et sèches, et il sourit, en pensant que maintenant, il n'avait qu'à attendre et qu'il la verrait là. Mais il lui sembla voir son propre sourire déformé, nouveau, devant lui, dans un miroir, et il eut un sursaut.

Personne ne passa dans cette rue ; par moments, il entendait le bruit étouffé d'une charrette, les pieds du cheval qui frappaient la neige. Mais tout cela était très loin. Le froid et l'immobilité le rendirent inerte, et son inertie l'effrayait ; mais l'idée de remuer un membre de son corps, ne fût-ce que soulever une main, ou de hausser les sourcils, le remplissait encore plus d'épouvante. Il avait comme l'impression de se tenir à grand-peine en équilibre devant un vide énorme, et qu'il lui suffirait d'un geste infime pour le faire glisser sur le bord. « Maintenant, je vais perdre la raison, je vais devenir aveugle, et je vais tomber, je ne peux pas l'empêcher » pensa-t-il avec une soudaine lucidité.

Mais il s'aperçut que la cloche de la sortie sonnait à ce moment. Aussitôt après il entendit les cris des élèves, et vit les premières sortir en courant, avec leurs imperméables et leurs bérets, et leurs cartables pendant au bout des courroies. Elles parlaient fort, se tenaient serrées et riaient ; il lui sembla voir étinceler au milieu d'elles *ce* sourire, et il fut pris d'un tremblement convulsif ; mais il s'était trompé. Il sentait maintenant une chaleur brûlante dans tout le corps, sauf dans ses mains, qui étaient moites et glacées.

Finalement, il vit sortir *son* groupe. Il reconnut aussitôt les trois petites filles qui chaque jour sortaient avec elle, mais aujourd'hui elle n'était pas là. Elles marchaient tranquillement, sans se parler, et il reconnut de loin le manteau brun de la plus grande et son orgueilleuse façon de marcher, le menton en avant. Il sentait qu'il ne supporterait pas l'attente et le doute un instant de plus, mais il ne bougeait pas d'un pouce. Il vit alors distinctement que l'une des trois se détachait du groupe et qu'elle marchait dans sa direction.

A mesure qu'elle s'approchait, il pouvait mieux distinguer cette petite fille robuste, son visage rond aux yeux vifs et sombres, ses mains potelées qui tenaient son cartable. Elle portait un manteau court dont sortait un bout de son tablier. Elle n'avait pas, comme les autres, les jambes nues, mais portait des bas de laine. Elle s'arrêta devant lui et le fixa, hésitante, en bougeant à peine les lèvres. Il sentit une volonté désespérée de formuler sa question ; mais les sons ne sortirent pas de sa poitrine.

— Elle est morte hier — dit la fille, sans attendre la question, elle est morte subitement, mais elle était déjà malade.

— Comment ? — dit-il, et il fut pris d'effroi en entendant sa propre voix, distincte et claire.

— Le maître a parlé d'elle, et nous nous sommes

toutes levées, continua l'autre. — J'ai aussi dit « présente » quand on a fait l'appel de son nom.

Tout en parlant, elle observait l'homme, avec une curiosité attentive. Il était immobile contre l'arbre et ses lunettes embuées cachaient son regard ; il avait d'étranges enflures sur le front et sur les tempes, et la barbe rendait grisâtre son visage humide et malade. Ses lèvres tombantes, sans couleur, balbutièrent faiblement, et son corps sur lequel ces vêtements sordides étaient comme collés, s'agita convulsivement, tandis que ses mains paraissaient s'agripper au vide. Sans parler, il se retourna, et la petite fille le vit descendre le long du sentier, les bras ballants et les épaules voûtées, avec une pesante maladresse ; il sembla tomber en avant dans le brouillard.

La petite fille se retourna en arrière, vers l'école ; ses compagnes, certainement fatiguées de l'attendre, étaient parties, et les fenêtres étaient fermées ; la grille, elle aussi, était fermée, et elle s'étonna que l'école, si animée peu de temps auparavant, fût devenue déserte en quelques minutes. Il lui sembla qu'elle avait devant elle un long espace de temps qu'elle ne savait comment occuper. Une brume inattendue, lourde, avait recouvert la partie basse de la ville, mais les coupoles et le sommet des tours étaient encore libres, et paraissaient suspendus en haut. De l'esplanade, elle voyait les rues, le pont et le fleuve, mais tout était indistinct, submergé. Elle marcha parmi les arbres, et déjà l'école n'était plus visible ; elle parcourait un chemin de neige intacte et se hâta en pensant : « Je vais chez elle ».

Le lieu où elle parvint ne lui était pas connu ; il était vaste, élargi par la brume, et il s'y dressait des édifices dont on ne distinguait ni les formes ni les couleurs. Un peuple sombre y circulait avec une vélocité fébrile, sans se cogner ni s'arrêter, et elle ne réussissait à distinguer ni les visages ni la forme des vêtements de cette foule sans nombre ; tous se croisaient et se dépassaient autour d'elle, et le bruit de leurs pas était continu, semblable à une pluie, et comme étouffé par une immense distance.

Elle se mit elle aussi à courir. — « Maria ! » appela-t-elle d'une voix forte ; et un écho répéta sa voix, puis un autre écho, venus de points éloignés. « Maria ! » répéta-t-elle en s'arrêtant avec confusion. Une voix étouffée, lointaine, comme lorsqu'on joue à cache-cache, répondait enfin : « Clara ! » et elle se dirigea sans direction dans cette foule pressée, qui la frôlait sans la toucher. Elle criait tout en courant le nom de sa compagne, jusqu'au moment où elle la vit immobile au milieu des gens, debout. Elle la distinguait toujours plus clairement ; elle ne portait sur elle que son tablier d'écolière, et elle avait les yeux fixes et écarquillés.

— Tu n'as pas froid ? lui demanda-t-elle, et elle ne reçut pas de réponse. — Le vent t'a décoiffée, lui dit-elle.

Alors l'autre, d'un geste distrait, passa deux doigts entre ses boucles.

« Tu sais ? Je l'ai vu et je lui ai parlé », — continua Clara à mi-voix. Son amie s'écarta d'elle avec un regard égaré, en secouant la tête. « Je ne voulais pas te faire peur », s'excusa aussitôt Clara, et elle fut prise d'une angoisse pénible. Sur le visage de sa compagne s'étaient formées des rides, ses pupilles devenaient opaques, et elle avait l'air beaucoup plus maigre. « C'est sûrement à cause de la maladie », pensa Clara.

« C'est lui qui m'a tuée » — dit l'autre tout de suite après, d'une voix si aiguë qu'elle sursauta. Mais il n'était plus possible de se faire entendre sans crier ; maintenant, tous ces gens en fuite faisaient naître tout autour un vent bruyant, et il était nécessaire de garder les bras serrés contre le corps pour maintenir ses vêtements. « Pourquoi veux-tu parler au milieu de tant de gens, demanda-t-elle, pourquoi ne nous réfugions-nous pas dans un coin ? » Mais elle ne réussit pas à faire entendre sa question, ni son accent de reproche.

Maria baissa la tête, sérieuse et absorbée, comme quelqu'un qui se souvient à grand-peine. Quand elle se remit à parler, elle baissa le ton de sa voix, de sorte que ses paroles se perdaient dans le sifflement de l'air et qu'on les comprenait tout juste grâce au mouvement des lèvres. Elle semblait ne pas s'apercevoir de la brume et de la fuite qui l'entouraient, et elle parlait tantôt rapidement, tantôt lentement, comme un oiseau perdu qui agite les ailes.

— Il m'attendait tous les jours, près de l'arbre — murmura-t-elle, en épiant tout autour d'elle.

— Tous les jours, près de l'arbre — répéta son amie, docilement.

— Et quand je suis tombée malade, continua l'autre, en secret, il entra soudain dans ma chambre. L'air n'était pas clair, et je croyais que j'étais avec vous dans la rue. Vous vous moquiez de ses lunettes, et je vous criai de le chasser ; mais je me rappelai ensuite que j'étais restée au lit à cause de la fièvre, et que c'était là ma chambre. Il grandissait comme une tache noire, en s'avançant du fond du mur, et il disait : « me voici, je suis venu ». Ses dents claquaient, tandis qu'il essayait de sourire. Je criai : « Je ne te connais pas ! Va-t'en ! »

Alors il ôta ses lunettes pour se faire reconnaître, et il découvrit ses deux yeux immobiles. « Pourquoi as-tu les yeux fixes, comme un aveugle ? » demandai-je. « Parce que je dors, me répondit-il, je suis fatigué. Hier, tu étais en vacances, tu faisais la fête, et j'ai erré jusqu'au soir pour te trouver, en flairant la neige comme un chien pour chercher les traces de tes pas. Je suis fatigué, mes bras me pèsent, j'ai les genoux qui se plient. — Va-t'en ! lui dis-je, ici, c'est ma chambre. J'ai peur.

— Je veux te faire peur, répondit-il en balbutiant, mais je n'ose pas encore te toucher. » Et je compris qu'il devait me tuer, à la façon dont il agitait les mains. J'avais honte d'en parler à ma mère, qui ne le voyait pas, bien qu'il fût toujours immobile dans un coin. Toute la journée et toute la nuit, il resta là, et je le fixai sans pouvoir dormir une seconde, parce que mon matelas était brûlant et que mes couvertures étaient lourdes. Le matin, il me dit : « Demain » et, toujours plus lentement, il répétait demain. Je me serais sauvée dans la rue, mais je n'avais plus de force dans les jambes. Personne ne me délivrait.

Tous marchaient sur la pointe des pieds, et puis je commençai à crier, parce que ma chambre se vida, et je ne vis plus rien, excepté lui. Il était mal habillé, pâle, ses yeux me fixaient, et il chancelait, en serrant les poings et en me souriant. Je sentais la neige tomber tout autour, et les murs baissaient en se repliant sur moi et sur lui. Ce fut alors que ma mère dit : « Elle a froid, même avec tant de couvertures. Elle tremble, la petite. Il faut lui mettre son autre chemise, celle de laine. »

Après la fin de la deuxième nuit, le troisième jour fut aussi court qu'une minute, et je sentis qu'il riait avec un bruit très bas. Son rire courait dans la chambre comme un rat, et je ne réussissais pas à le chasser, même en me couvrant les oreilles. J'entendais au loin vos voix qui parlaient de moi, et je comprenais que vous étiez autour de mon lit. « Ce n'est pas possible, pensai-je, ce n'est pas possible qu'on lui permette de s'approcher. » Pourtant, je sentis son souffle sur mon visage. « Non, criai-je, je ne veux pas ! » Il ne parlait plus, et ses mains, quand elles m'eurent tuée, restèrent molles comme des chiffons ; il s'en alla dans une route éloignée, monta des escaliers de bois, jusqu'à une porte, et ses yeux se fermaient de sommeil. Alors je pus m'éloigner de lui.

« Tu as beaucoup crié, *avant* », remarqua Clara d'un air soucieux.

« Personne ne comprenait, dit l'autre avec une voix pleine de larmes, vexée ; et elle tourna vers son amie son visage qui était comme vieilli, avec ses yeux secs qui semblaient agrandis par un cerne. Il n'est plus là, murmura-t-elle dans un soupir. Il est parti. »

Au milieu de ces hautes maisons sans forme, elle avait l'air si petite, que Clara eut pitié d'elle. « Aujourd'hui, lui annonça-t-elle en secret, nous avons toutes répondu : « présente » à l'appel, quand on a lu ton nom. »

Maria se secoua et lui dit : « Viens. » Les deux amies se prirent par la main. Maria conduisait Clara et marchait de façon craintive, en poussant en avant son nouveau petit visage fripé. Le vent s'apaisait, et la foule s'espaçait sur leurs pas ; quand elles arrivèrent près d'un mur bas, sur lequel poussait de l'herbe, la brume était devenue transparente comme un verre.

— Il n'y a plus personne, chuchotèrent-elles.

Maria s'arrêta précautionneusement, encore essoufflée. Puis elle secoua la tête et se serra contre le mur, avec un sourire anxieux, étrange.

— Regarde ! s'écria-t-elle avec un bref cri de triomphe. Et, lentement, avec un tremblement et un respect infini, comme quelqu'un qui découvre un mystère, elle ouvrit sur le devant le décolleté de son tablier.

« Elle n'a rien dessous », pensa l'autre.

Et, penchées, elles regardèrent ensemble, en retenant leur souffle d'étonnement. On voyait que sa poitrine commençait à naître ; sur sa peau d'enfant, très blanche, pointaient sur les côtés deux petites choses nues, semblables à deux boutons de fleur naissants.

Elles se mirent à rire ensemble, tout doucement.

X *La grand-mère*

Restée veuve à quarante ans, Elena s'aperçut qu'elle n'était qu'à demi vivante et qu'elle se trouvait dans un vide impitoyable et sans remède. Son mari n'avait jamais été un compagnon pour elle ; elle avait vécu, ou plutôt végété à côté de ce marchand avare, comme une plante parasite à qui il suffit d'un minimum de terre et de sève pour ne pas mourir. Mais après la disparition de l'homme, elle se sentit comme quelqu'un qui est resté en léthargie et qui, éveillé par une violente secousse, découvre l'hiver qui a entouré son sommeil et qui désormais ne pourra plus alimenter sa veille. La maison qui lui avait été laissée par son mari était encaissée dans l'une des sombres gorges si nombreuses dans la ville ; celle-ci avait été construite par un peuple de marins et de marchands, le long de l'arête d'une colline toute en gradins et en dénivellations : ainsi, certaines maisons s'élevaient au soleil, avec la vue sur le port, mais d'autres gisaient enserrées entre les escaliers et les ruelles, où éclataient fréquemment des rixes et où l'on attendait avec les narines ouvertes et avides l'odeur de la mer apportée par le vent.

La maison était garnie d'un mobilier vulgaire et

sans élégance, acheté d'occasion ou fabriqué par des marchands de second ordre, entre de hauts murs nus. Les rats et les cafards faisaient leurs nids dans les trous et Elena allait et venait parmi ces pièces comme dans le fond d'un puits. Ses yeux cherchaient la lumière, mais elle avait l'impression d'être enfermée par des murs lisses et sans issue, dont elle tentait l'escalade avec des efforts répétés et vains. Un désarroi angoissant s'emparait d'elle, et enfin elle décida de partir.

Son mari lui avait laissé un important héritage, mais le fait de se savoir libre et riche ne la débarrassait pas de ce besoin de tranquillité solitaire qui l'avait toujours possédée. Elle décida donc de s'en aller dans une maison de campagne qu'elle n'avait jamais vue, bien qu'elle fît partie de ses propriétés ; elle savait qu'elle était vaste, tranquille et qu'un étage était loué tandis que l'autre était libre et prêt pour elle. Elle se mit à rêver autour du nom du village, sur la maison, le fleuve, l'église, et le désir de toucher de ses mains les choses si nombreuses qu'elle avait imaginées lui serra la gorge au point de la faire pleurer. Elle pleurait longuement le long des vitres embuées, devant les ruelles sordides, sans que son corps fît un mouvement. Elle avait une silhouette haute et sans courbes, aux formes robustes, presque masculines et pourtant étrangement molles ; cette mollesse leur était peut-être donnée par sa démarche lente et distraite, par la fragilité de ses poignets, par ses doigts transparents et par sa voix chantante où résonnaient parfois des sonorités inattendues. Dans son visage pâle et allongé, bien qu'on n'y vît pas l'ombre d'une ride, couvait une sorte de lassitude, comme un désir de repos et d'anéantissement, et la lueur fixe de ses yeux semblait plus vive sous ses cheveux sombres toujours en désordre. Elle avait un sourire doux et tendre, bien que ses dents fussent gâtées.

Elle commença les préparatifs de son départ avec une ferveur calme comme une fièvre lente. Elle vidait les armoires et les tiroirs en s'arrêtant de temps à autre pour toucher les étoffes avec des yeux rêveurs et vagues. Un vaste coffre de mariage dans le coin de la chambre contenait un trousseau de nouveau-né qu'elle avait cousu elle-même. Au cours de son mariage, elle était demeurée stérile, mais le désir des enfants avait brûlé en elle pendant sa virginité et sa maturité ; et, au cours de cette attente inutile, sentant ses viscères se dessécher dans ce désir désespéré, elle avait cousu un somptueux trousseau, et brodé les bavoirs et les petites blouses, en éprouvant la même joie puérile et mystique que les religieuses lorsqu'elles cousent des chasubles dans les couvents. Elle avait passé un grand nombre de ses journées de jeune mariée à ce travail, qui parfois l'attendrissait, parfois l'affligeait jusqu'à l'angoisse. Elle cherchait à imaginer des corps vivants et tendres entre ces langes et, la nuit, elle sursautait, car il lui semblait sentir remuer un enfant dans son ventre. Maintenant, elle sortait ces vêtements du coffre un à un, en les soupesant et en les caressant. De nouveau, elle fut assaillie par son ancien malaise, et le mur sombre pesa sur elle comme un cauchemar ; mais elle pensa qu'elle allait partir, et elle se ressaisit.

Ce trousseau enfantin fut replacé dans le coffre et partit avec le reste des bagages.

On était en automne, et le village qui l'accueillit gisait parmi des campagnes grisâtres, où les arbres aux feuilles rousses mettaient de rares taches. Certaines des maisons couleur de terre avec des toits rouges ou noirs, étaient basses, à un seul étage, d'autres étaient étroites et longues, avec des fenêtres semblables à des meurtrières. Derrière certaines portes ouvertes, on voyait briller les feux, et, le long des routes boueuses, passaient des troupeaux de bœufs et de chevaux montés par des paysans en manteau verdâtre. Vers la limite du village coulait un fleuve gonflé par la pluie, de la couleur de l'argile, qui, à cause d'un brusque ressaut du terrain se transformait en un torrent et se précipitait en remous furieux ; au-dessus du fleuve, passait un étroit pont de fer, avec de maigres pylônes, limité à son entrée par un arceau en angle vif. Non loin de là, se dressait la maison d'Elena.

Elle était modeste, de forme allongée, avec un toit aigu. Dans le potager entouré par une haie, parmi les herbes, poussait un seul arbre au tronc mince, un vernis du Japon, qui, en raison de l'extraordinaire vitesse avec laquelle il pousse, est également appelé « Arbre du Paradis ». Sa tête atteignait désormais le deuxième étage de la maison.

Celle-ci était entourée en bas par un grossier portique et un escalier extérieur conduisait au deuxième étage. Les pièces étaient vastes et à moitié vides, de sorte que les pas sur le carrelage de terre cuite avaient des résonances métalliques. Les murs blanchis à la chaux étaient coupés par des niches, des alcôves et des portes, et un jour livide et oblique pénétrait par les étroites fenêtres. Dressée sur la pointe des pieds auprès d'une fenêtre, Elena resta jusqu'à la nuit à regarder l'abîme du torrent, les chemins de boue sous le pas des chevaux et le ciel qui s'assombrissait.

Quand l'obscurité fut tombée, elle eut l'idée d'avertir de son arrivée les locataires du premier étage. Elle descendit donc dans le potager, où l'air était devenu pénétrant, et frappa à la porte :

— « C'est ouvert ! » dit, de l'intérieur, une voix profonde et musicale, qui résonna sous le portique.

Elle entra et, suivant une vive lumière qui se projetait dans le couloir, elle fut conduite à une cuisine. La lampe à la flamme blanche et mouvante était accrochée juste au-dessus de la porte, et l'homme qui avait parlé (il lui sembla le reconnaître aussitôt) était assis devant une petite table tout à côté ; avec un couteau en forme de faucille, il creusait dans un tronc ébauché des traits humains ; Elena savait déjà en effet que son locataire était sculpteur de saints.

L'homme devait avoir environ vingt-cinq ans, et sur la vigueur virile de son corps, il avait un visage féminin, et pour ainsi dire inachevé, comme ceux des enfants, avec de grands yeux bleus aux cils recourbés, des lèvres molles et fraîches, et des cheveux fauves bouclés et plutôt ébouriffés. Le duvet blond de son visage, au lieu de le rendre plus rude, adoucissait son épiderme d'une couleur rose bronzée, et le mouvement léger de ces poignets autour du bois avait le sens mystérieux et légendaire des jeux d'enfant. Il était vêtu de vieux pantalons de futaine rouge et d'une veste en daim, verdâtre et usée. Aux pieds il portait de grosses pantoufles fourrées.

Après un instant d'hésitation, il se leva en voyant entrer Elena et, balbutiant un salut, il rougit tout à coup, sans cesser de remuer les doigts autour de son morceau de bois.

« Je suis » — dit-elle alors avec assurance et toute

rassérénée, « je suis la propriétaire de la maison. Je suis arrivée aujourd'hui. »

— « Ah oui », — dit-il, confus, avec la même voix fraîche et sonore qui lui avait parlé à son entrée ; puis, se tournant de côté, il continua : « Maman, Madame est là. »

Elena s'aperçut alors que quelqu'un d'autre bougeait également dans cette cuisine enfumée et oblique. Auprès du fourneau, sur lequel un plat sentant une odeur de lard était en train de frire, était agenouillée la silhouette d'une femme occupée à fouiller dans le charbon. Elle se retourna à peine à cet appel, et Elena sentit aussitôt sur elle l'éclair d'un regard noir. Un instant après, la femme se leva, et s'avança avec méfiance, en s'approchant de son fils avec l'expression d'un enfant qui voit dans l'herbe un serpent, et se réfugie dans les jupes de sa mère.

Troublée, Elena détourna les yeux et les tourna vers le plafond qui était très haut et plongé dans l'ombre, de sorte qu'il paraissait étrangement profond et éloigné. Puis, avide de sympathie et d'amitié, elle regarda de nouveau les deux silencieux. La femme, qui n'était pas très grande, semblait très vieille à cause de son visage décharné, tanné et couvert de rides, mais cette apparence décrépite tranchait avec ses gestes saccadés, rapides et fébriles. Elle était habillée comme une paysanne, avec une jupe noire, un corselet et un vaste châle de laine à franges, brodé d'arabesques rouges. Un fichu noir aux pointes nouées sous le menton entourait son visage, de sorte que l'on ne voyait pas ses cheveux, et, à ses oreilles, pendaient des boucles d'oreilles de bois sculpté en forme de croix, assurément une œuvre de son fils. Ses pieds, très petits, étaient coquettement chaussés de bottines brillantes, aux pointes arrondies, qui contrastaient avec son costume campagnard.

— « Si Madame, dit le fils à un moment donné, voulait s'asseoir, rester dîner avec nous... » Elena rougit, comme prise en faute ; la vieille sembla saisie de panique :

— « Mais non ! s'écria-t-elle, sans regarder Elena. Il n'y a rien à la maison ; il n'y a rien », et elle s'essoufflait à répéter ce *rien* en agitant les mains.

Elena resta encore une minute, interdite, avec une confuse envie de pleurer. Au-dehors, retentit le cri d'un oiseau de nuit, dont elle eut l'impression d'entendre aussi battre les ailes.

« Bonsoir » — murmura-t-elle enfin, précipitamment, en tendant la main. Le jeune homme la serra dans la sienne, qui était grande et chaude, et les yeux de la vieille brillèrent. La nuit était si épaisse que l'on ne distinguait plus la terre du ciel ; et dans un coin de ciel, apparaissait seulement une vague clarté diffuse, peut-être la lune, qui transparaissait à travers un amas de nuages.

A un certain moment de la nuit, Elena crut entendre un léger grattement à la porte puis un pas furtif, animal, qui s'approchait. Et voici qu'elle ressentit sur sa peau, sous les couvertures tièdes, l'impression d'une présence furtive et molle, et sans poids ; ils se serrèrent l'un l'autre, dans une respiration commune et chaude, et elle étendait les bras et ouvrait ses lèvres sèches avec ce sentiment de repos exténué que donne la fièvre. Elle s'assit d'un bond, avec un sursaut. Il n'y avait personne dans la chambre, et elle était en nage.

Elle passa le reste de la nuit dans un sommeil inerte et tranquille. Elle s'éveilla dès l'aube, et descendit dans le jardin. Une partie du ciel était claire, le soleil ne s'était pas encore levé et une lumière humide et glaciale pleuvait sur les choses ; déjà l'on entendait le sabot des chevaux et des voix espacées et sonores, et ses voisins étaient déjà éveillés ; de fait, à travers la porte mi-close, parvenait un chantonnement assourdi, dans un langage incompréhensible et puéril. C'était la vieille qui chantait une sorte de cantilène. Puis la porte s'ouvrit et la haute silhouette du sculpteur apparut dans l'ouverture. Elena sursauta, car elle ne se sentait pas préparée à cette présence, et le jeune homme lui sembla encore plus timide que le soir précédent. Ses yeux étaient comme mouillés par cette clarté matinale, et sur ses traits apparaissait encore la pâleur défaite du sommeil.

« Voulez-vous voir mes statues ? » murmura-t-il soudain, comme en secret.

Elena le précéda dans le petit couloir ; de son fourneau, la vieille interrompit son chant pour regarder de biais, selon sa manière soupçonneuse et effrayée ; mais elle ne dit rien. Tous deux tournèrent à gauche, et Elena se trouva dans un cagibi au plafond bas, où, près d'une fenêtre grillée, étaient alignées quelques statues qui lui arrivaient à peine à la taille. Elles étaient sculptées avec une rigidité ingénue et solennelle, dans la couleur naturelle du bois. Une Vierge, au cou entouré d'un triple collier, tendait ses doigts longs et écartés comme dans un geste d'imploration, mais son visage restait inexpressif et impassible. Un David demi nu et squelettique, ses cheveux dénoués sur les épaules, regardait fixement devant lui avec ses yeux sans pupille, en piétinant une tête informe, à peine ébauchée. Un Ange se dressait, sévère, couvert d'une tunique aux plis symétriques, et ses ailes repliées étaient d'une grandeur énorme par rapport à son corps. En silence, elle regarda toutes ces idoles, incapable de faire un commentaire. La petite fenêtre donnait du côté du torrent, et, dans le soleil qui se levait, à travers la grille, apparaissait le bouleversement répété de la lumière sur l'eau. Le jeune homme s'était courbé amoureusement sur les statues pour ôter une couche de poussière sur le manteau de David, lorsqu'ils furent interrompus par la vieille, qui, avec un accent de supplication et de commandement, appelait de la cuisine :

« Giu-seppe ! Giu-seppe ! »

Ils sursautèrent, et cette fois ce fut le sculpteur qui précéda Elena jusqu'à la cuisine. Alors la mère, comme si elle ne s'apercevait pas de la présence de l'autre, dit à son fils sur un ton de reproche :

« Tu oublies qu'il est l'heure de la messe ? » — puis elle se dirigea vers un coin, où elle ramassa une paire de bottes longues et brillantes. Le jeune homme, sans mot dire, s'assit sur une chaise cannée en paille, et la vieille s'agenouilla devant lui. Courbée jusqu'à en être recroquevillée, avec des gestes attentifs et humbles, elle lui retira ses pantoufles et lui mit ses bottes noires. Puis, tandis qu'il restait immobile avec une sorte de sourire tranquille, elle s'attarda à lui arranger le foulard de soie qu'il portait autour du cou, et, ayant sorti un peigne de sa poche, elle coiffa longuement ses cheveux blonds que le sommeil avait dérangés.

Enfin il l'écarta légèrement d'une main, et, après s'être relevé, il sortit sans parler. Elena, incapable de faire un pas et de prononcer une syllabe, restait debout près du mur blanchi à la chaux, dans la cuisine où le soleil jetait maintenant des taches rouges. Cependant la vieille se dirigeait vers le foyer et détacha un chapelet pendu à un clou. Elle revint sur ses pas, d'un pas si léger qu'Elena ne s'en aperçut pas et qu'elle sursauta en sentant son souffle sur son visage. La vieille s'était approchée d'elle jusqu'à l'effleurer avec les pointes de son fichu et elle entendit claquer ses dents. Son visage, sous le réseau des rides, semblait comme bouleversé par une tempête :

— « Tu me l'as ensorcelé — balbutia-t-elle contre le visage d'Elena, avec une étrange précipitation, — malheur à toi si tu me le prends. » Ces mots semblèrent un sanglot. Elena aurait voulu répliquer, mais déjà la vieille se dirigeait derrière son fils, de sa démarche agile. Très vite, Elena la vit, à travers la fenêtre, qui descendait et reparaissait le long du sentier tortueux. Le fils, grand et vigoureux, semblait marcher lentement, et pourtant sa mère devait hâter le pas pour rester à sa hauteur. Sa tête arrivait à peine au niveau des épaules de son fils, et sa robe noire ondulait autour de ses jambes.

Soudain, Elena releva sur sa tête son châle violet, avec l'intention d'aller à l'église. Comme elle ne connaissait pas la route, elle était obligée de suivre de loin les deux autres qui étaient déjà éloignés, et elle se mit à courir. Le sentier caillouteux montait et descendait, et elle courait avec une grande légèreté, comme si la route glissait sous ses pieds. Ses yeux ne perdaient pas de vue les deux autres qui étaient devant elle, mais soudain elle eut l'impression qu'ils avaient disparu, et son cœur se mit à battre tumultueusement. La route tombait à cet endroit dans une brusque dénivellation et elle redoubla sa course, en serrant contre sa poitrine les pans de son écharpe. Elle entendit alors un ample chœur de voix et d'orgue, et s'aperçut qu'elle était parvenue à l'église.

Elle fut stupéfaite par la foule nombreuse qui s'y trouvait malgré l'heure si matinale. Les gens du pays devaient être très pieux. Quelques chevaux, la jambe liée au tronc d'un arbre, attendaient à une certaine distance du seuil. Le lieu sacré était plein de gens, et tous, serrés l'un contre l'autre, dans leurs vêtements de paysans, ils chantaient, la bouche grande ouverte, les yeux fixés sur le prêtre qui officiait. La nef était étroite, longue et nue, avec de très hautes fenêtres sans vitraux, d'où tombait une lumière violente. Cette lumière se mêlait à la fumée de l'encens, si dense que l'odeur serrait la gorge et que les fidèles se trouvaient plongés dans un nuage étincelant.

Elena s'arrêta près du bénitier et essaya de chanter avec les autres. Mais elle était si fatiguée par sa course et étourdie par l'encens que ses lèvres remuaient sans émettre aucun son. Elle venait à peine d'entrer quand elle vit, non loin d'elle, le sculpteur et sa mère. Pour éviter le contact de cette foule, ils se tenaient serrés contre le mur ; l'homme chantait sans bouger, les yeux fixés sur l'autel ; sa mère, les mains croisées sous son châle, suivait de ses pupilles agrandies par une adoration extatique chaque mouvement de ses lèvres, comme si elle avait dû apprendre d'elles les paroles de l'hymne, à ce moment même. Ils étaient tous deux si absorbés dans leur chant qu'ils ne s'aperçurent pas qu'à un moment donné, le chœur s'était arrêté, de sorte que, pendant quelques secondes, seules leurs voix unies résonnèrent dans l'église. Elena entendit avec stupéfaction la voix du jeune homme, qui, retentissant dans le silence, donnait l'impression de sortir de l'orgue.

Soudain elle se sentit poussée par la foule, qui, après la fin de la messe, se pressait auprès du bénitier. Pendant un instant, elle vit encore la vieille, dont le regard attentif et menaçant pesa sur elle ; mais bientôt elle disparut avec son fils dans la foule. L'église se vida, et les gens se dispersèrent dans les ruelles ; les chevaux s'éloignaient avec un trot léger. Maintenant, contre le soleil déjà haut, se pressait la masse noire d'un nuage, et les rayons frappaient cette ombre orageuse en se reflétant de façon aveuglante, et s'interrompaient dans le creux de la vallée. Elena se hâta, prévoyant la pluie. Sans fatigue, presque sans y penser, elle retrouva la route qu'elle avait prise en venant. Elle venait d'arriver à la grille, quand l'air scintillant et sombre se changea tout à coup en une rafale de vent, et la poussière mêlée d'eau tourbillonna tout autour. Et il plut, avec une violence aveuglante.

Pendant quelques jours, Elena ne vit pas ses voisins. Elle entendait souvent la voix de la vieille qui parlait fort, ou qui appelait son fils sur le ton d'une sourde cantilène ; mais, comme à la suite d'une entente tacite, autant elle-même que les deux autres évitaient de se rencontrer. Elle avait la sensation que la mère et le fils avaient tracé autour d'eux un cercle magique qu'il ne lui était pas permis de dépasser. Et elle restait au-dehors de la ligne, fascinée et apeurée. Mais, au lieu de jouir de la paix qu'elle avait attendue de la campagne, elle allait et venait dans les chambres comme une somnambule, troublée par des passions incertaines. Parfois elle était saisie de légers assoupissements, dont elle se réveillait d'un bond, endolorie et stupéfaite, comme quelqu'un qui est violemment jeté dans un lieu étranger.

A l'un de ces réveils, sur la fin de l'après-midi, elle s'étonna de se trouver dans la lumière reflétée par le fleuve qui frappait les murs de larges vagues tremblantes. Il lui sembla qu'elle abordait, sourde et ivre, à un rivage éloigné, et ce fut seulement quelques instants plus tard qu'elle s'aperçut que Giuseppe était à côté d'elle ; il était agenouillé devant elle, les yeux souriants et perdus dans une adoration enfantine.

Effrayée, elle se dressa d'un bond :

« C'est moi », balbutia-t-il. Le visage d'Elena pâlissait, une flamme serpenta, courut sur sa peau, et un flot de sang brûlant gonfla sa poitrine. Il toucha ses cheveux avec des mains hésitantes et avides, et ainsi, pendant un instant, ils chancelèrent, emportés par la lumière. Alors le jeune homme serra ses bras autour de ses hanches et, silencieusement, il appuya ses lèvres contre son ventre stérile.

Leur mariage fut fixé pour Noël ; c'est en effet à cette date que le deuil d'Elena prenait fin. Pendant les jours qui précédèrent les noces, ils évitaient, par un accord tacite, de parler de la vieille mère. Celle-ci demeurait enfermée de son côté, et elle fuyait Elena ; s'il lui arrivait de se trouver face à face avec elle, elle détournait hâtivement son visage d'une couleur terreuse. Mais un matin, en l'absence de Giuseppe, Elena entendit une plainte rauque, inhumaine, qui provenait d'une chambre fermée. Bien qu'elle fût étouffée par une forte répugnance, elle entra, et vit dans un coin de la pièce la vieille qui, agenouillée, pressait son front contre le mur. Son corps fagoté dans sa robe noire s'efforçait de demeurer immobile, mais ses muscles battaient sous sa peau, et ses viscères étaient secoués par les pleurs. La vieille étendait les bras le long du mur et recourbait ses doigts, comme si elle cherchait un soutien auquel elle pourrait s'agripper.

« Madame... » — balbutia stupidement Elena ; mais l'autre ne se retourna pas et ne lui répondit pas, au contraire, elle reprit avec une plus grande hâte sa confuse prière, ou son blasphème : — « On m'a volé mon fils, — entendit Elena — mon fils unique, mon garçon. » Et sur ce cou ridé et pâle, les veines se gonflaient tant qu'elles semblaient sur le point de se rompre ; on aurait dit que la vieille allait tomber, livide. Avec un sentiment de honte pénible, Elena sortit de la chambre ; les imprécations et les plaintes de la vieille femme la suivaient obstinément, et elle en était effrayée, comme si un chien enragé était à ses trousses.

Giuseppe venait à sa rencontre de derrière une maison, avec ce sourire confus et cette rougeur enfantine qu'il avait chaque fois qu'il la rencontrait. Quand ils se retrouvaient, ils ne savaient que se dire, une confusion hésitante s'emparait d'eux, comme cela peut arriver à deux pèlerins, qui, sans avoir rien en commun, doivent parcourir la même route. Mais dès qu'ils furent l'un auprès de l'autre, avec un battement grondant qu'eux seuls pouvaient entendre, le sang de l'un se tendit et se gonfla vers le sang de l'autre, et les deux vagues confluèrent en un même point, avec une force telle qu'ils crurent en avoir les veines consumées. Et ils serrèrent leurs mains qui brûlaient, tandis que, de leurs bouches, sortait et se confondait dans l'air glacial la vapeur de leurs souffles. Elena aurait voulu lui parler de sa mère, mais maintenant cette lamentation se taisait, et, dans le silence, la brume du crépuscule qui laissait libre l'espace autour d'eux collait aux choses qui les entouraient, à tel point qu'elle semblait filtrer de celles-ci. Ils entrèrent dans la maison, et Elena pensa que la vieille dormait peut-être maintenant.

Les noces furent célébrées hâtivement et dans le silence, et, pour Elena, ce fut le début d'une période étrange. Cependant qu'elle marchait dans un état intermédiaire entre l'ivresse et le sommeil, les choses paraissaient naître du chaos sous ses yeux, et recevoir leurs formes d'une impulsion intime. Et Elena sentait en elle-même l'évolution de ces formes des choses, sous sa peau et dans sa tête, de telle sorte qu'elle aurait pu les reconnaître les yeux fermés. En même temps, d'étranges confusions se produisaient sous ses yeux ; les différences entre objets disparaissaient, un accord secret s'établissait entre les ordres de la nature, comme si, là où finissait l'un, un autre commençait, et comme s'ils participaient l'un de l'autre. Souvent elle avait l'impression qu'une pierre respirait comme une plante, et qu'elle plongeait des racines dans la terre. Ou bien c'étaient les arbres qui prenaient la vie rigide des pierres, et les feuilles s'agitaient comme des insectes, et les animaux devenaient des masses inertes. Et elle se sentait elle-même comme un arbre, dont germaient des bourgeons avec de troublantes délices. Même le simple fait d'effleurer un objet lui donnait des frissons de plaisir ; et elle caressait les objets, car il lui semblait qu'elle les découvrait tous, ou mieux, que tous naissaient dans son propre secret. Ses yeux brillaient, ses cheveux étaient plus souples et semblaient frémissants de vie. Sa gorge, qui avait toujours été plate et pauvre, se gonflait, naissante, dressée comme celle d'une vierge, et elle s'avançait avec une démarche royale, lente et languide. A mesure que les jours passaient, son corps se développait miraculeusement en courbes douces et féminines, et elle se regardait avec stupéfaction.

Quand elle se rendit compte qu'elle était enceinte, sa joie fut telle qu'elle en eut une impression d'égarement. Elle avait des extases de gratitude pendant lesquelles il lui semblait qu'un Dieu, corps et âme, était présent dans son corps, et elle s'abattait à genoux, avec des larmes qui couraient sur son visage. Attentive au prodige qui se produisait en elle, elle oubliait la succession des jours et des nuits, et elle avait le rire et les pleurs faciles et soudains, de même que les enfants. Quand elle crut sentir les premiers mouvements de l'enfant dans son ventre, elle demeura éveillée la nuit pour les surprendre. Le souffle coupé, elle restait assise dans son lit, les cheveux dénoués sur ses épaules demi nues, avec un sourire anxieux sur les lèvres. Avec des paroles tendres et maternelles, elle appelait Giuseppe qui dormait à côté d'elle, et s'il entrouvrait les yeux, embrumés par le sommeil, elle lui demandait :

« Es-tu heureux ? » et, avec un rire bref et convulsif, elle se serrait contre sa poitrine. Puis elle le fixait longuement, ne voulant pas perdre un seul détail de son visage, et elle passait sur son corps ses mains avides et attentives, afin que son enfant fût modelé par les formes de son corps. Souvent, ils se regardaient, éperdus, se serrant la main sans rien dire, et une violence presque religieuse jaillissait de leurs étreintes, comme si, chaque fois, leur enfant en recevait une nouvelle impulsion à vivre.

Désormais, la vieille mère était tout à fait délaissée. Les premiers temps, elle restait dans sa chambre, refermée dans une hostilité dédaigneuse. Mais par la suite, incapable de résister, elle reparut, avec des regards obliques et fuyants, et presque timide. Giuseppe faisait à peine attention à elle ; parfois, il la laissait le peigner, ou enfiler ses souliers, mais avec un air distrait et absent. Et il lui suffisait d'entendre l'écho d'un mot, d'un pas d'Elena pour qu'il tendît l'oreille, tourné vers ce son. La vieille devint semblable à une mendiante : elle implorait de son fils un regard, une parole, comme un signe de leur communion d'autrefois. Mais elle tournait vainement autour de lui, rapide, en faisant craquer ses bottines. Et c'était en vain qu'elle disposait coquettement son fichu autour de son visage, où ses yeux brillaient de haine. Il était toujours aux aguets, comme un lièvre dans la forêt. Et sa mère finit par se raidir, et elle devint, elle aussi, une statue de bois. Immobile dans l'une des niches qui étaient si nombreuses dans cette maison, assise sur un tabouret bas, ou même sur une marche, les mains jointes parmi les plis de son châle, elle semblait surveiller les gestes des deux autres, leurs chuchotements tendres et fébriles. Parfois ils saisissaient au vol un de ses regards frénétiques, qui, dans sa fureur même, paraissait demander pitié, comme celui des chiens enragés. Mais désormais ils n'y prêtaient plus attention ; elle se mit à marmonner certaines kyrielles incompréhensibles, supplications ou malédictions, vers lesquelles les époux tendaient l'oreille de temps à autre, avec une appréhension vague et superstitieuse, et avec un agacement évident ; mais ils ne la considéraient assurément pas comme une folle. Et elle, quand elle était seule, elle se recroquevillait dans les coins de sa chambre, avec les vastes plis de sa robe qui se repliaient sur elle, et elle sanglotait jusqu'à en rester le souffle coupé, vidée et molle comme une chiffe. Mais si d'aventure, son fils s'approchait d'elle et lui souriait, en lui caressant légèrement la main, elle refusait cette charité avec un regard torve, et se retirait dans son coin.

Ainsi, ces brèves effusions, elles aussi, cessèrent complètement. Parfois, la vieille paraissait délirer, elle pensait en effet que peut-être, elle pourrait entrer pendant la nuit dans la chambre voisine et veiller un instant sur son fils endormi. Voir de près, par exemple, si ses cils s'étaient allongés, si aucune marque de rides précoces n'apparaissait, si sa peau était toujours aussi fraîche que naguère. Peut-être, pousser l'audace jusqu'à l'effleurer d'une main. Mais aussitôt, elle pensait que, dans le même lit que son fils, sous la même chaude couverture, était couchée l'autre femme. Et elle se ressaisissait, avec un sursaut. Ainsi, peu à peu, s'écoulaient les jours.

Enfin, un après-midi de la fin de l'été, Elena mit au monde deux jumeaux, un garçon et une fille. Après la naissance, le reste de la journée passa dans un tel étonnement joyeux que la disparition de la vieille ne fut remarquée qu'à la nuit. Elena dormait, plongée dans un profond soulagement, dans la pénombre qui obscurcissait les murs blancs, et les nouveau-nés dormaient à côté d'elle, leurs deux têtes presque semblables appuyées sur le même oreiller. A un moment donné, Giuseppe s'arracha à la contemplation de ce lit, et se souvint de la vieille. Il frappa à la porte de sa chambre sans recevoir de réponse, et quand il s'aperçut qu'elle était vide, saisi d'une tension soudaine, il appela à voix basse à travers toutes les pièces qui apparaissaient inhabituellement fraîches et désertes ; et ce n'est qu'à la fin qu'il aperçut un « Je m'en vais », écrit au charbon, sur le mur, en lettres malhabiles, à côté de la cheminée. Alors, il sortit sur la route, une lanterne à la main, et, dans le vent tiède de la nuit qui agitait ses cheveux, il appela :

« Maman ! Maman ! » Peut-être espérait-il la voir encore tourner à l'angle du sentier, mais quand il se décida à demander çà et là si par hasard on l'avait vue, quelqu'un répondit qu'on l'avait bien vue, quelques heures plus tôt ; elle descendait rapidement, en portant un paquet, et sans parler à personne. Ceci était arrivé peu après le moment où les cris d'Elena avaient cessé et où l'on avait entendu les pleurs des petits.

A voix basse, quand il fut remonté dans la chambre, Giuseppe avertit Elena de sa fugue ; elle ne dit rien, elle était épuisée, mais, dans le regard qu'ils échangèrent, tous deux lurent la même pensée. Les recherches, un peu paresseuses du reste, qui furent effectuées au cours des jours suivants, ne servirent à rien. Quant à eux, à mesure que passaient les jours et les mois, ils crurent presque qu'ils avaient oublié la vieille. En réalité, si, bien des années plus tard, ils repensaient au laps de temps qui s'était écoulé entre son départ et son retour, ils s'apercevaient de la rapidité avec laquelle ces années s'étaient envolées, comme si le temps s'était précipité à la rencontre de la vieille. C'était assurément le bonheur qui le faisait sembler si bref. Les fleurs des amandiers et des cerisiers étaient à peine disparues, et déjà les premières neiges reparaissaient sur les montagnes. Et les brumes de l'automne venaient à peine de se dissiper que déjà l'air enflammé de l'été fanait les herbes et asséchait les fleuves.

Les journées étaient d'ailleurs si simples et si semblables qu'on pouvait les confondre l'une avec l'autre. Giuseppe sculptait désormais pour ses enfants des poupées de bois, et, pour les rendre mobiles, il attachait leurs articulations avec du fil de fer. Les deux enfants le regardaient avec attention tandis qu'il était en train de sculpter. A chaque saison, le vernis du Japon devenait plus haut.

De même que certaines plantes qui ne donnent qu'une seule fleur à la maturité de leur existence, et puis dépérissent en s'épuisant dans ce don, la floraison éphémère d'Elena était tombée, son corps cédait aux jours qui passaient, se dégradant en une satiété paresseuse, et, sur son visage éteint, il ne restait de sa fébrile ardeur intime que la jalousie animale avec laquelle elle veillait sur la croissance de ses enfants. Les deux jumeaux se ressemblaient au point d'être à peu près semblables; seule, la petite fille avait des formes plus rondes et, dans les yeux, une douceur particulière, comme celle d'un agneau. De plus, ils avaient les cheveux d'une couleur différente, d'un noir de mûre pour l'un, fauves pour l'autre, mais également longs pour tous les deux, brillants et soigneusement divisés en boucles par leur mère. Ils avaient de grands yeux clairs, comme arrondis d'étonnement, et, surtout sur leurs joues et dans la paume de leurs mains, leur chair était ferme et tendre comme celle de certaines corolles. Ils portaient de jolis habits de velours, avec des cols de dentelle et des rubans, et, montant jusqu'à leurs genoux nus et rouges, des chaussettes de toutes les couleurs. Ils marchaient presque toujours en se tenant par la main, couraient avec précaution, et, comme ils ne parlaient pas bien encore le langage des hommes, ils avaient en commun un langage particulier, fait de balbutiements et de petits cris, quelque chose d'intermédiaire entre l'idiome des chats et celui des oiseaux. Souvent ils riaient ou pleuraient pour certains secrets qui leur étaient propres, inaccessibles aux adultes, et autant le rire que les pleurs étaient soudains et effrénés. Pendant un instant, perdus dans ces émotions, ils restaient séparés ; mais aussitôt, après avoir chancelé dans la solitude des sanglots, ils se retrouvaient. Leurs yeux pleins de larmes s'étonnaient de la rencontre, et leur sommeil commun était comme le nid de petits oiseaux encore sans plumes.

Les premiers, ils virent la vieille qui revenait et s'arrêtait, le regard fixé sur la grille. Ils la regardèrent, pleins d'étonnement, et la suivirent pas à pas tandis qu'elle peinait dans le jardin.

« Maman ! — cria Giuseppe en la voyant de sa fenêtre, et, lorsqu'il arriva au pied de l'escalier, il serra la vieille entre ses bras. Au premier moment, elle sanglota ; ses poignets tremblaient sur la poitrine de son fils, et elle tentait vainement de prononcer une parole de sa bouche convulsée. D'un pas hésitant, elle entra dans la maison, et ne montra pas qu'elle s'apercevait de la présence d'Elena ; mais aussitôt ses yeux se troublèrent, et ses pupilles brillèrent sous ses paupières rougies.

Elena serra les enfants contre son sein en pâlissant, et son mari s'approcha d'elle jusqu'à la toucher de sa hanche. La vielle resta devant eux, soudain confuse et isolée, en équilibre sur la chaise que son fils lui avait offerte. On voyait la pointe de ses bottines brillantes et neuves ; elle devait certainement les avoir gardées pendant tout le temps, pour ce retour. Mais pour le reste, elle était couverte de haillons, et son aspect n'avait plus rien d'humain ; elle avait plutôt l'air d'un oiseau. Ses poignets et ses mains aux veines gonflées ressemblaient à un écheveau de cordes, et, sur son visage, les rides formaient d'étranges signes noirs, des sillons et des croix. Elle n'avait plus de lèvres, ses cheveux gris et effilochés descendaient sur sa figure, sous son fichu usé. Aux yeux des jumeaux, elle était quelque chose de très beau.

« C'est votre grand-mère » — essaya de dire Giuseppe, d'une voix basse et timide. Alors l'étrange oiseau sembla se refermer dans ses ailes brisées, et lorgna la famille avec des yeux embués comme par la fatigue. Mais on vit bientôt que c'étaient des larmes ; du coin enflammé de ses paupières, les pleurs coulaient sur ce visage immobile. Puis sa bouche se serra et se plissa comme celle d'un enfant :

« Toi — dit la grand-mère d'une voix tremblante et douce, en ne regardant que son fils, comme si les autres avaient disparu, — tu as envoyé ta vieille mère quêter comme une mendiante. Tu l'as envoyée toute seule, mendier dans les rues. Dans... les... rues... » — et elle secoua dédaigneusement la tête. Mais elle se tut, vaincue par son tremblement qui faisait battre ses gencives nues ; et, d'un pas mal assuré, elle se dirigea vers sa niche, et s'assit sur sa marche.

« Veux-tu manger quelque chose ? » lui murmura son fils.

Elle dit :

« Du pain et de l'eau. »

Que cherchait-elle ? Qu'espérait-elle ? Elle restait là, assise, les pieds serrés et immobiles, les yeux baissés sur son ventre, sous ses paupières sans cils. Cette fois encore, Giuseppe et Elena échangèrent un regard ; depuis ce moment, ils évitèrent de s'adresser à la vieille. Seuls les enfants, de temps à autre, la regardaient par en dessous, interdits et vaguement fascinés. A l'heure du dîner, personne n'invita la vieille à s'asseoir à table ; pas un mot n'était venu de son coin, et les deux époux, eux aussi, se taisaient, frappés d'une sorte d'enchantement apeuré. Ils se réunirent tous les quatre autour de la nappe, et ce fut alors qu'elle les regarda. La lumière fixe de la lampe à pétrole les enfermait dans un cercle ; on apercevait le profil de Giuseppe, ses boucles blondes, ses cils et ses joues sans rides. Ses épaules se pliaient à peine tandis qu'il rompait le pain. Sa bouche entrouverte apparaissait vermeille et humide dans la lumière. Devant lui, éclairé en plein, il y avait le visage d'Elena, avec les cheveux tombants sur les tempes, la peau alanguie, les lèvres gonflées et recourbées. A ses côtés, les deux enfants semblaient une émanation de sa propre chair.

Ils levaient de temps en temps la voix en poussant de petits cris, des éclats de rire tendres et fugaces ; mais leur père et leur mère continuaient à se taire. Giuseppe se repliait d'un côté, avec une gaucherie sauvage qui lui était propre, et, à une étrange question de sa fille, il eut pour sa femme un sourire vague et enfantin. Alors celle-ci, comme pour lui donner confiance, glissa sa main blanche dans sa main ouverte. L'ombre dissimulait le contact de leurs doigts entremêlés, mais la main d'Elena demeura longtemps dans la sienne, comme si elle s'y était assoupie ; et cependant, elle souriait, les yeux tournés, non vers son mari, mais vers les deux enfants qui continuaient leur discours confus.

Comme si cette main avait été un serpent, qui, rampant sur elle, l'avait soudain enflammée par sa morsure, la vieille parut frissonner et se réduire en cendres. Toutefois, avec une répugnance cupide, ses yeux ensommeillés et fébriles continuaient à fixer le groupe. « Au lit, les enfants », dit enfin Elena en se levant. Alors Giuseppe s'approcha de sa mère : « Tu n'as plus besoin de rien ? » lui demanda-t-il d'une voix nouvelle et discordante. « Ton lit est prêt. »

Elle ne répondit rien. « Bonne nuit, Maman », murmura Giuseppe, presque honteux. Et il se glissa au-dehors, à la suite d'Elena. Les jumeaux restaient en arrière, et ils s'arrêtèrent devant la vieille, mais à unc certaine distance. Ils regardaient ce visage plein de crevasses, et se racontaient à voix basse, avec curiosité et étonnement, que c'était là leur grand-mère. Le garçon l'épiait, d'un air absorbé et circonspect : « Grand-mère », répéta-t-il encore. Sa sœur fit alors un sourire à peine esquissé et fugitif, et se couvrit aussitôt le visage avec son bras.

« Mes enfants ! » appelait Elena de sa voix tendre.

Les pupilles de la grand-mère parurent se durcir et devenir de verre : « Ecoutez, dit-elle tout bas. Demain, grand-mère vous racontera une fable. Venez demain. » Ils sourirent ouvertement à cette invitation, et s'approchèrent un peu, amusés et fascinés.

— « Une fable — scandèrent-ils ensemble d'une voix forte, demain. » Et, s'étant retournés en arrière vers cette vieille qui leur paraissait si attrayante, ils suivirent à regret l'appel de leur mère.

Pendant toute la nuit, l'autre resta là, les os endoloris et fourmillants. Elle entendait le fracas répercuté du torrent, et, à l'aube, avec le fracas, elle vit aussi entrer le reflet ruisselant des eaux. Alors, tout comme un oiseau aux plumes hérissées, la vieille se secoua de son sommeil. Sans avoir repris conscience d'elle-même, elle tourna tout autour d'elle un regard abject et effrayé. Les premiers qui descendirent furent les jumeaux.

Ils ne s'étonnèrent pas de la voir encore là ; ils attendaient la fable. La vieille avait l'air d'avoir été battue, elle était comme un morceau de bois détrempé ; mais ses yeux brillaient déjà comme deux morceaux de verre.

— « Vous voulez la fable de grand-mère ? » chuchota-t-elle avec attention, comme si un rêve qu'elle avait fait au cours de cette nuit affleurait soudain en elle.

Les deux enfants s'approchèrent l'un de l'autre, avec un petit rire de plaisir, et les pupilles agrandies par l'anxiété. Ce fut une fête pour eux lorsque la vieille se mit à parler. Elle les scrutait avec attention et sévérité, comme une institutrice qui explique une leçon, et elle insistait sur chaque syllabe :

— « Là-bas, dit-elle, là où était grand-mère, il y a un grand pré, un grand pré avec des fleurs en eau. Il y a des chevaux de verre qui sautent, et des oiseaux d'eau qui volent.

— Ils ont aussi les ailes en eau ? demanda le garçon.

— Bien sûr — répondit-elle aussitôt. Et pour dormir, il y a de petites chemises en eau, une pour chacun. » Sur quoi les deux enfants se regardèrent, hésitants. Mais déjà, du haut de la grande fenêtre, dans les reflets du torrent, les fougueux chevaux de verre piaffaient vers le mur. Dans un tintement de grelots, les ailes gonflées, ils piétinaient de leurs sabots ce pré solaire et liquide, et leurs mille yeux étincelaient comme des braises.

Les jumeaux fixaient avec sympathie la vieille aventureuse. Ils auraient voulu lui poser d'autres questions, mais, outre l'étonnement, elle leur imposait une gêne qui les faisait rester en silence, auprès du mur ; incertains, ils froissaient leur tablier dans leurs mains. Mais enfin l'enthousiasme déborda en eux, et ils balbutièrent des commentaires pleins de joie, avec un rire extasié. La vieille, elle aussi, rit de toutes ses rides, avec un bruit sec et sourd comme celui du bois qui brûlait. Puis elle se leva ; elle était devenue muette et sérieuse et les regarda à peine, avec mépris. Elle semblait avoir froid, tant elle se serrait dans son châle, et ses mains jaunies tremblaient.

— « Adieu », annonça-t-elle avec un sanglot. Puis, sans les regarder davantage, elle se dirigea vers la porte et, en boitillant, elle se glissa au-dehors. Ils restèrent seuls dans la pièce inondée de soleil, et, à travers la fenêtre, ils virent leur grand-mère, toute petite et noire, qui descendait sur l'herbe. Ils auraient voulu la suivre, mais ils n'en eurent pas le courage, du reste, ils crurent que son absence serait brève et qu'elle allait reparaître d'une minute à l'autre, peut-être sur la croupe de ses chevaux ailés. « Où est-elle ? » demanda à un moment donné la petite fille, en tirant son frère par la manche.

L'autre secoua la tête, pensif, et soudain, tout à coup, ce silence étincelant les atterra : « Maman, crièrent-ils en se précipitant dans l'escalier. — Appelle grand-mère ! Appelle-la ! Appelle-la ! »

Cette fois-ci, les recherches furent brèves, et elles ne furent pas inutiles. En effet, on retrouva la vieille vers le crépuscule. On découvrit tout d'abord son châle rouge et noir soigneusement plié sur un rocher, auprès de ses bottines encore brillantes, quoiqu'un peu usées à la pointe. C'était évidemment par vanité qu'elle avait retiré ses vêtements, afin qu'ils ne fussent pas abîmés par le fleuve. Peu après son corps, rejeté par les eaux furieuses, fut retrouvé sur la berge du torrent. Malmené par les pierres aiguës de son lit, il était couvert de plaies et d'égratignures, et, ainsi, gonflé et ramolli, il ressemblait à un tronc d'arbre à l'écorce pourrie. Ses cheveux collés, rendus verdâtres par l'eau et par la vase, semblaient de longues touffes d'herbes fanées. Les globes de ses yeux étaient révulsés, blancs et immobiles, comme deux fleurs d'un étang souterrain.

Les enfants étaient déjà endormis quand ce corps fut transporté à la maison. Un silence énorme succédait au fracas du torrent dans la chambre où la vieille fut déposée et dans laquelle une paysanne bavarde abaissa ses paupières et la rhabilla. Dès que ces soins furent achevés, les deux époux se couchèrent eux aussi.

Dans son lit, près de son mari, au milieu d'un rêve malfaisant et trouble, Elena crut entendre des bruits réguliers et scandés : « Ce sont les pelletées de terre, pensa-t-elle, que l'on jette sur elle. C'est fini, avec l'aide de Dieu », mais, tout en pensant cela, elle sentit une soudaine impression de gel contre ses tempes, et s'aperçut que la vieille était dans sa chambre. Elle s'appuyait en silence au sombre mur d'en face, tout en retirant ses bottines, et elle adressait à Elena un sourire de connivence qui ne manquait pas de grâce. Ses yeux clignaient avec un éclat aigu sous son fichu aux pointes nouées.

Dans un sursaut d'angoisse, Elena s'éveilla et s'assit d'un bond. Sans étonnement, elle vit, dans sa demi-conscience que Giuseppe, immobile et assis lui aussi, fixait le mur de ses pupilles dilatées. Elle lui toucha une main, mais frissonna à ce contact comme avec dégoût. Et, sans rien dire, elle retomba dans le sommeil.

Dès l'aube, une belle journée s'annonça. Une lumière transparente agrandissait l'espace, en laissant voir jusqu'à l'horizon les villes construites sur les flancs de la montagne. Les prés attendris par l'humidité du printemps semblaient en aspirer les gouttes et les oiseaux se secouaient avec des gémissements anxieux. Avec les premiers rais de lumière qui s'infiltrèrent à travers les persiennes, Elena s'aperçut avec effroi que la jeune tête de son mari, endormi sur son oreiller baigné de sueur, n'était plus blonde, mais presque blanche. Lorsqu'elle l'appela, il leva de mauvaise grâce son visage, comme émergeant d'une torpeur mortelle. L'immaturité de ses traits apparaissait maintenant marquée d'une vieillesse hébétée et pâle, comme si, au cours de la nuit, une racine malade avait plongé ses racines dans sa chair. Et ses pupilles se réfugièrent aussitôt dans le coin de ses orbites, par peur de rencontrer celles d'Elena.

On emporta la vieille hâtivement et presque par surprise. Son fils et sa belle-fille la suivaient, éloignés l'un de l'autre et sans se regarder, en côtoyant le fleuve où se reflétaient les cheminées et les arbres. Ils descendirent ainsi, tandis qu'à la maison, les domestiques, réunies dans la cuisine, chuchotaient mystérieusement.

Cependant les deux jumeaux se levaient, et sans appeler personne à leur aide, ils enfilaient à grand-peine leurs tabliers à carreaux blancs et rouges. Les cheveux en désordre, avec la semelle de leurs sandales dénouées qui frappaient les marches, ils descendirent lentement. A cause de l'heure matinale et du soleil qui pleuvait des carreaux, ils relièrent par la pensée le jour présent à la veille et se troublèrent en voyant que la niche de la vieille était vide.

— « Grand-mère ! » appelèrent-ils dans le couloir. Puis ils poussèrent l'audace jusqu'à entrer dans la pièce qui avait été sa chambre ; on voyait encore sur le lit la trace d'un corps, une brume qui avait une odeur de renfermé et de ténèbres flottait entre la porte et la glace. Les deux enfants reculèrent.

En vain, ils cherchèrent la vieille dans toutes les pièces. Le soleil dessinait sur la chaux des murs des feuilles fluides et des branches, des fils et des insectes aux ailes battantes ; un peu essoufflés, tous deux arrivèrent au cagibi où leur père gardait ses statues de bois. Sur les personnages entassés et poussiéreux pendait une toile d'araignée toute tissée d'étincelles. « Elle n'est pas là », dirent-ils déçus. Et ils eurent l'idée de chercher l'étrange et aimable vieille dans le jardin.

Là, ils observèrent avec curiosité leurs deux ombres qui s'avançaient sur la grande ombre de l'arbre, et ils en parlèrent ensemble. Comme ils levaient les yeux vers le sommet de l'arbre, rempli d'oiseaux, ils virent un insecte étrange et attirant qui descendait le long du fil de la lumière. C'était un gros papillon aux ailes noires ornées d'arabesques rouges, et il volait en ondoyant, comme s'il était endormi. « Prends-le ! » dit la petite fille ; mais le garçon avait à peine tendu la main vers lui qu'il lui échappa, et s'envola au-delà de la haie du jardin.

Il était si proche que l'on voyait bouger ses petites pattes et briller avec malice ses petits yeux pareils à des grains de poivre ; mais il ne se laissait pas attraper. Le pré était plongé dans le vent et la rosée, les fleurs commençaient à s'ouvrir, et l'on n'entendait pas d'autre bruit que le vacarme du torrent, pareil au fracas d'une bataille. — « Allons », décidèrent-ils. Déjà, les fumées aux formes incertaines sortaient des cheminées, et le soleil montait à pic sur le pont de fer. Les deux enfants s'arrêtèrent près du pont, et se penchèrent parmi les herbes froides de la rive ; le fleuve courait en mêlant les eaux et les lumières. Le papillon avait disparu.

A un tronc maigre et noirâtre était attachée une barque grossière, à la peinture écaillée ; et dès que les enfants, après une difficile escalade, furent montés dedans, la branche, autour de laquelle était entortillée la corde, ne résista pas à ce faible poids et se brisa. Agitant leurs mains minuscules et potelées, ils saluèrent avec des cris de joie le début de leur voyage.

Des reflets froids et gluants couraient sur l'eau, et la barque paraissait descendre le long de ces sillages. En réalité, elle était attirée par le courant qui se précipitait au fond. Les enfants, pris de peur, se reculèrent sur le siège, mais déjà, sur la ligne verte de la lumière, des chevaux de verre se cabraient à leur rencontre, et de leur galop vint en sifflant un vent glacial, où se débattaient les oiseaux aux ailes d'eau. « Elle est ici », chuchotèrent les enfants atterrés. Et aussitôt la barque monta sur la croupe des chevaux impatients, et, tournoyant sur elle-même, elle se jeta au milieu du torrent

Rue de l'Ange

Encore enfant, Antonia avait perdu ses parents, et ses oncles, qui devaient s'installer à l'étranger et ne savaient où la mettre, la laissèrent au couvent de la rue de l'Ange. Un ami jésuite, saint homme aux épaules voûtées et au visage impassible et gris comme de la terre cuite, les mains croisées, la présenta aux religieuses. Il avait lui-même conseillé ce couvent, où il n'y avait que trois sœurs, en dehors d'Antonia, qui payait une très modeste pension et était quelque chose d'intermédiaire entre la domestique, la pensionnaire et la locataire. Mais, dans ce quartier, se dressaient de nombreux et vastes couvents, peuplés de religieuses variées, les unes portant la cornette plissée, d'autres le voile, et certaines le manteau. Juste en face se dressait l'immense édifice des prisons, jaune, lisse et régulièrement interrompu par les barreaux des fenêtres; devant le portail, un gardien vigilant, le fusil sur l'épaule, arpentait les pavés d'un pas ferré.

La rue montait de biais, et le soleil, rendu plus clair par cette couleur des murs, y tombait d'un ciel serein et frais. On l'appelait *la rue de l'Ange,* à cause d'une statue de pierre, aux gigantesques ailes repliées, qui se dressait au croisement. C'était une figure informe, décapitée et sans bras, qui semblait avancer sur ses larges pieds noircis. On avait perdu tout souvenir de ses origines ; peut-être était-ce un ancien Ange Gabriel, porteur de l'Annonce, vestige d'une église détruite, ou peut-être une Victoire, butin symbolique d'une bataille. Mais le bruit courait que c'était un vrai ange, que Dieu avait chassé du Paradis à la suite de quelque faute grave, et qui était condamné à demeurer sur terre. Là, pour se distraire un peu, il s'introduisait souvent dans les maisons sous les formes les plus diverses, et il enlevait les gens, et en particulier les enfants. Il était impossible de le reconnaître, en tout cas ; mais, en passant devant la statue, beaucoup de gens se signaient hâtivement et disaient une prière.

De ce couvent faisait partie une église longue et sonore, avec un maître-autel blanc élevé sous une coupole étroite et très haute, au-delà de quelques marches et d'une balustrade de porphyre. De petites portes rouges à double battant feutré s'ouvraient sur les parois latérales. Pour les offices solennels, on conduisait dans cette église les prisonniers, dans un fracas de chaînes.

Juste au-dessus de cette église se trouvaient les cellules du couvent, avec leurs murs blanchis à la chaux, ornées de crucifix de bois noir, de lampes à huile, de fleurs de cire et de statues recouvertes de globes de verre. Certaines fenêtres donnaient sur un jardin étroit, rempli de plantes poussiéreuses et fanées par les fumées d'encens. A cause peut-être de la nourriture un peu insipide et de la vie monotone qu'elle y menait, Antonia grandissait peu ; seuls, ses cheveux avaient poussé, à tel point que sa tête, autour de laquelle elle portait enroulées ses tresses très noires, semblait d'une grosseur excessive par rapport à son corps. Car à seize ans, ce corps était encore puéril, gracile, avec des bras maigres, et il semblait perdu dans ses jupes. Et son visage, dans le cercle noir de ses tresses, apparaissait blanc et souffreteux, avec des rares taches de rousseur pâlies, un petit menton rond et de grands yeux gris sous les lunettes. Elle devait à ces lunettes un aspect à la fois doctoral et félin, à cause de son nez qui, minuscule et légèrement retroussé, pointait entre les verres. Ce visage était toujours interrogateur et effrayé, bien que sage. Seul le sourire, hargneux et en même temps un peu fourbe, lui donnait un petit air entreprenant et fuyant ; un tel sourire, pour ainsi dire, semblait toujours se risquer pour la première fois.

Antonia sortait rarement de son couvent, et, quand elle sortait, le mystère des rues, plongées dans un murmure éloigné et fébrile, la troublait, de sorte qu'elle préférait regarder constamment ses chaussures noires, qui avançaient d'un pas rapide. Si, parfois, elle levait les yeux, elle avait l'impression d'apercevoir sur la façade de la prison, des prisonniers agrippés aux barreaux, avec des visages pâles et avides, des têtes rasées, des yeux noirs et fixes. Et souvent, entendant derrière elle un bruit, elle croyait que c'était l'ange de la rue, qui, ayant péniblement arraché de terre ses pieds rongés, la suivait à grands pas fatigués qui résonnaient sur les pierres. Les deux lourdes ailes, en s'ouvrant et se refermant, faisaient un sifflement sourd. Et elle retenait son souffle, sans avoir le courage de se retourner. Mais en réalité ces sifflements et ces bruits venaient de son propre sang.

Au couvent, elle apprenait la couture, en plus des travaux domestiques et de quelques pieux cantiques. Parfois, le père Jésuite venait en visite, et, sans lever les yeux, il se renseignait à son sujet, il lui donnait des conseils et lui offrait des images. Parmi les trois sœurs, celle qui avait le plus d'autorité était la Madre Cherubina, vieille, petite, et toute ridée dans sa cornette. Elle était maigre, faisait des gestes nerveux et rapides, et avait une voix aiguë qui cependant, dans ses conversations avec les étrangers et le père Jésuite, devenait excessivement mielleuse. Ses larges paupières se relevaient comme des rideaux sur ses yeux dont le coin était rougi, ses narines vibraient, ses lèvres avaient un sourire hypocrite et malicieux. Cette sœur paraissait continuellement en proie au démon de l'Inquisition, elle était énergique et sans pitié, et c'est à cause de ce genre de qualités, en plus de son rang élevé, qu'elle était chargée d'administrer les châtiments. En de telles occasions, après s'être théâtralement agitée en faisant un sermon menaçant, elle se taisait, et, avec un sourire céleste sur le visage et des gestes secs et méticuleux, elle saisissait Antonia par son revers ou même par le cou, comme on le fait avec les chats, et la frappait sur la nuque, deux ou trois fois, de ses phalanges jaunies, lisses et sonores comme les grains du chapelet. Après avoir accompli cette exécution, elle prenait Antonia par la main, et, sévère et rigide comme un justicier, elle l'entraînait à grands pas dans une petite chapelle où, agitant fébrilement les poignets et faisant de grands yeux, elle l'enfermait en lui disant : « Prie, ma fille ! Prie pour tes péchés ! ». Mais Antonia ne pleurait pas, elle s'humiliait en un sourire contrit et obéissant, et quand la sœur gémissait : « Prie pour tes péchés ! Prie ! Prie ! », elle balbutiait : « Oui, mère ».

La seconde, Suor Affabile, était une créature mystérieuse. Très grande et droite, avec un pâle visage régulier, une bouche molle et exsangue, elle parlait peu, ne riait jamais, et son pas ne faisait aucun bruit. Quand elle apparaissait sur le seuil, et même si elle venait de la pièce voisine, elle avait toujours l'air d'arriver de très loin et d'avoir oublié quelque chose. Pour dire oui, elle baissait à peine les cils, et le geste de sa main était si majestueux et si languissant qu'il donnait une impression de repos. Sa voix, elle aussi, bien qu'elle ne dît que des choses très communes, était lente, comme celle de quelqu'un qui dort, et, en l'écoutant, on se sentait lentement arraché à tout souvenir.

Suor Maria Lucilla, la troisième, qui s'occupait de la cuisine et des autres services, était petite et boulotte, pleine d'odeurs domestiques, et en marchant, elle se dandinait comme les poules. Elle avait les yeux bleus, une bouche vermeille, un visage blanc et gras qui se marquait pudiquement de taches rouges, les mains courtes et rouges, chacune avec cinq fossettes sur le dos. Elle riait souvent, et son double menton tremblait doucement ; souvent aussi elle pleurait, et alors tout son visage barbouillé faisait des grimaces pathétiques. Cette sœur, en cachette, cousait pour Antonia de jolies chemises bleu ciel, et les brodait aussi, avec des dessins adaptés, comme de petites colombes blanches avec le bec et les pattes rouges, et, le plus souvent, de chastes lis, avec des étamines de fil jaune au-dessus du calice. « Oh, les belles colombes ! » s'écriait Antonia en joignant les mains.

« Oh, les jolies feuilles ! ». « Toi, tu peux les porter, lui recommandait Sœur Maria Lucilla en secret, parce que les vêtements noirs et les gros souliers, c'est bon, eh oui, ces choses-là, tout le monde les voit, c'est comme la façon de se tenir. Mais les petites chemises, qui est-ce qui les voit ? Personne, sauf Notre-Seigneur. Et alors, quel péché veux-tu qu'il y ait à mettre des chemises de couleur ? Au contraire, le Seigneur sera tout content de voir qu'elles sont si bien faites et brodées, les chemises que l'on porte en son honneur. Regarde donc. Mais il ne faut pas que Madre Cherubina le sache. »

Telle était la vie d'Antonia parmi les religieuses. Or il arriva qu'un jour, elle avait en faisant le ménage heurté et brisé une lampe sainte, et elle fut sévèrement punie par Madre Cherubina. Scandalisée et fanatique, la désignant au dédain céleste avec une emphase enflammée, la sœur aux mains noueuses l'enferma dans la chapelle habituelle, et prononça la condamnation, tandis qu'une âcre satisfaction mouillait les coins de sa bouche. « Tu resteras ici toute la journée, imposa-t-elle en levant ses pupilles vers le ciel, et tu ne descendras que pour les offices. Prie, ma fille ! Prie ! »

La chapelle était une simple petite pièce carrée, blanchie, avec un plafond voûté, et elle donnait sur le jardin par un vitrail ogival. Sur celui-ci était dessinée une échelle de trois anges musiciens, qui s'élevaient chacun un peu plus haut que l'autre, le premier avec une trompette, le second avec une harpe et le troisième avec un luth. Tous avaient des chevelures lisses et dorées, leurs pieds étaient nus, et seul leur vêtement était différent. Celui du premier était couleur feuille morte, le second était vermeil et le troisième, bleu foncé. En passant à travers ces couleurs, la lumière du couchant se posait sur le plafond blanc et sur les linges de l'autel comme un arc-en-ciel. Et, à l'intérieur, de fins rayons faisaient une fête, calme et ailée, en se mêlant à l'argent des ex-voto et au violet des jacinthes dans une telle ardeur innocente, que l'on se perdait en les contemplant, comme si l'on volait dans ce nuage heureux.

Sans trop penser à ce qu'elle faisait, Antonia, au lieu de s'agenouiller, s'assit sur le prie-Dieu de bois sculpté, et pour se consoler dans cette solitude, elle se mit à contempler ce concert des anges. Elle espérait, de façon pathétique, que par miracle, leurs instruments allaient s'accorder d'un moment à l'autre, en un véritable concert, qui lui permettrait de passer toute la journée dans la joie : peut-être que les poussières lumineuses l'entendaient déjà, elles qui dansaient avec un tel bonheur. A cette idée, les larmes qu'elle avait retenues commencèrent à descendre le long de ses joues, et elle se préparait avec un abandon gourmand à de longs sanglots désolés, lorsque, au moment même où elle commençait, elle fut interrompue par la cloche des vêpres, qui résonnait d'en bas comme du fond d'une eau sombre et scintillante. Antonia s'étonna que tant de temps se fût déjà écoulé sans qu'elle s'en fût aperçue ; elle avait l'impression que la porte venait de se refermer derrière les jupes noires de la Madre Cherubina. Mais elle avala ses sanglots en hâte, s'essuya les yeux, et, après avoir remis ces pleurs à plus tard, elle se prépara à descendre.

La grande église de pierre grise, solennellement parée et drapée, était encore pleine de la lumière du jour. Sur les rares prie-Dieu, quelques personnes modestes se signaient en silence, avec un geste pieux et grave. Le prêtre, qui était debout au-delà de la balustrade, était muet lui aussi, et, le front tourné vers l'autel, avec sa riche étole bordée d'or, il levait les bras en l'air. Alors Antonia se dirigea vers le prie-Dieu le plus beau, recouvert d'un brocart rouge et d'une dentelle blanche, que l'on utilisait habituellement pour les cérémonies de mariage. Et, ayant baissé la tête, elle joignit les mains ; mais, comme elle regardait les murs de l'église, elle vit que Suor Affabile entrait à ce moment par l'une des petites portes latérales. Grande et digne, sans bouger son pâle visage, elle portait dans ses mains un petit tabernacle d'or massif, à demi recouvert d'un voile, et marchait avec son allure habituelle, l'air absorbé comme si elle dormait. Elle s'approcha donc d'Antonia agenouillée et se pencha à peine au-dessus d'elle, en levant la main en un signe imperceptible, tout en regardant vers le bas avec grâce, pour lui communiquer un avertissement mystérieux et piquant. Antonia obéit aussitôt et la suivit à travers la nef, que Suor Affabile parcourait en silence, en remuant insensiblement ses hanches minces et nobles. Lorsqu'elles arrivèrent à la sacristie :

— « La voilà », dit doucement Suor Affabile, en baissant les yeux, et aussitôt sa jupe noire se glissa au-dehors. Et Antonia fit un salut timide et un sourire mal assuré à un monsieur qui, assis à la table de la sacristie, semblait l'attendre.

Je dis « un monsieur », bien qu'il se soit agi tout juste d'un jeune homme mal vêtu, en costume civil. Mais je dois bien exprimer de quelque façon l'impression d'extraordinaire respect et de gratitude dont

Antonia fut envahie dès qu'elle le vit. — « Comme tu es jeune ! », murmura-t-elle étonnée, et cela, parce qu'elle n'eut pas le courage d'avouer : « Mon Dieu, comme tu es beau ! ». En réalité, aucun visage humain ne lui avait jamais paru si jeune, ni digne d'être comparé à celui-ci. Ses longs yeux étaient comme deux jacinthes, et une bouche comme celle-ci, quand elle sourit, s'attendrit et s'épanouit comme une fleur. Avec une attention grave, il observait Antonia, en lui ordonnant de se retourner ; et il semblait content, parce qu'il commença à rire. Puis il lui dit : « Allons, retire donc ces lunettes. »

Elle obéit, en s'empourprant. « Veux-tu que nous sortions ? » proposa-t-il, et il se leva. Mais elle balbutia : — « Si nous passons par l'Eglise, les sœurs vont nous voir. » L'autre feignit pendant un instant d'être soucieux : « On peut s'envoler » dit-il enfin, « s'envoler par la fenêtre », et tout à coup il se mit à rire, à gorge déployée, d'un rire amer de défi. Mais ensuite, redevenu sérieux, il lui ouvrit la porte de la sacristie : « C'est par là qu'on sort », affirma-t-il d'un air rassurant. Et de fait, cette porte ouvrait bien sur la rue. Elle chuchota : « Et si nous rencontrions les sœurs ? » « Nous dirons, répondit-il en haussant une épaule, que je suis ton frère ? Ne sommes-nous pas tous frères en Dieu ? » Et ici, il renversa de nouveau sa tête en arrière, et se mit à rire en regardant en l'air, sauvagement. Antonia lui demanda, effrayée : « Tu te moques du Seigneur ? » et elle fit le signe de la croix.

Mais, à la vérité, en le regardant, elle n'éprouvait maintenant que de la compassion. Elle s'apercevait que ses yeux étaient émus et assombris, et que par moments, ses lèvres se crispaient en une grimace de déception et de dégoût. De plus il marchait avec peine, comme quelqu'un qui traîne un poids, et il était pâle : « Oh, mon enfant ! » pensa Antonia. Et, ne sachant trop que dire, elle risqua : « Nous ne passons pas par la rue de l'Ange ! »

— « Je connais le chemin » répondit-il, assombri, en la regardant de biais, avec un étrange regard lâche. « Donne-moi la main », ajouta-t-il d'un ton brusque. Il y avait dans la rue qu'ils parcouraient une lumière de crépuscule qui, à chaque pas, s'enfonçait un peu plus dans la nuit. Et ils descendaient par un étroit escalier tortueux, enfoncé au milieu des maisons très hautes qui se perdaient dans l'air calme. Par les fenêtres innombrables, on voyait s'allumer des lampes, gesticuler des ombres nocturnes, et l'on entendait des voix étouffées ou stridentes, semblables au bruissement des feuilles sèches. Puis les fenêtres se fermaient une à une avec un bruit amorti, les lampes s'éteignaient, les murs se dressaient, opaques, tout autour, et tous les bruits cessaient dans les ténèbres qui s'épaississaient ; seule, tel un fleuve lent et éloigné, coulait la respiration du sommeil. Elle n'avait jamais su auparavant que la ville s'enfonçait dans des ruelles si sombres, et elle n'avait pas le courage d'exprimer ses doutes, mais elle laissa échapper un soupir. « Qu'y a-t-il ? » lui demanda-t-il aussitôt. Et, l'attirant contre lui pour la rassurer : « Ma maison, dit-il sur un ton mortifié, un peu tremblant, ma maison est un peu à l'écart, n'est-ce pas ? »

— « Oh non », se hâta-t-elle de répondre, envahie par un sentiment subit de remords et de culpabilité. Il semblait toujours plus las au cours de la très longue descente ; dans l'ombre, on entendait son pas encore alourdi, et l'essoufflement de sa respiration. Elle aurait voulu lui dire : « Repose-toi un peu », mais, au terme de ruelles humides et tortueuses, il murmura enfin, épuisé : « Nous sommes arrivés » et il s'arrêta devant une petite porte verte, moisie, tout en tirant une grosse clef de fer rouillée.

Ainsi, traversant un étroit corridor, ils entrèrent dans une petite pièce basse au plafond en pente, dans laquelle une clarté nocturne pénétrait par la fenêtre vitrée. A la tête du lit de fer, recouvert d'une légère couverture, il alluma une lampe, qui illuminait faiblement le sol de carrelage disjoint, et dans le coin du mur déteint et taché d'humidité, un lavabo ébréché à côté d'une chaise de paille. Il s'assit sur le lit pour se reposer, il semblait en effet égaré de fatigue, ses lèvres pâlissaient et il en venait un souffle qui brûlait de fièvre. « Pourquoi pleurais-tu, cet après-midi ? » lui demanda-t-il peu après.

« C'était, lui expliqua-t-elle, parce que la Madre Cherubina m'avait offensée. »

— « Quelle honte ! — remarqua-t-il avec dédain — une religieuse qui offense les gens. » Et il hocha la tête. Il ajouta : « Il va bien falloir que je te retire tes souliers. Ils sont tout couverts de poussière. » Et, plein d'attention, il se pencha. Sur tout ce qu'il voyait, il posait des questions et faisait des commentaires : « Quelles grosses chaussures — disait-il — quels grands bas ! » Tout à coup, tout ragaillardi et heureux, il se mit à rire : « Oh, quels petits pieds, — s'écria-t-il. — Et comme ils ont peur ! Comme ils sont blancs ! On dirait de petits lapins. Ne vous cachez pas. Toi, laisse-moi jouer. Maintenant, déclara-t-il sur un ton grave et décidé, il faut que nous fassions l'amour. » Et il renferma avec dévotion les deux pieds dans son poing.

— « Tu me retires aussi ma robe ? » demanda-t-elle, écarlate et le souffle coupé. « Oui », dit-il, et en tournant ses yeux insouciants, il lui faisait de grandes effusions, et son visage prenait des couleurs. Il paraissait au courant de toutes les boutonnières et des crochets qui fermaient les vêtements d'Antonia, telle était l'adresse avec laquelle ses mains les retrouvaient et retiraient les jupons. Mais il se moquait de tout ce noir d'un air désapprobateur ; pourtant, quand il arriva à la petite chemise, son visage devint rayonnant d'admiration : « Mais celle-ci me plaît beaucoup », dit-il avec un sourire. « Oh, qu'elle est belle ! Et elle est travaillée. Que de broderies ! Ces choses en file, qu'est-ce que c'est ? Des clochettes ?

— Non, expliqua-t-elle, ce sont des lis de Saint-Antoine.

— Des lis, c'est vrai. Et qui est-ce qui te l'a faite ? »

Orgueilleusement, elle répondit que ç'avait été Suor Maria Lucilla ; mais ce garçon parut de nouveau désapprouver, et son front se plissa : « Quelle honte, dit-il enfin, une bonne sœur qui coud des chemises pour les jeunes filles. Une bonne sœur, déclara-t-il, doit coudre des chasubles. » Antonia se tut, humiliée, mais aussitôt l'autre sembla oublier ses reproches et leva son visage en un rire d'amour étincelant : « Que tu es belle ! » lui dit-il.

En baissant la tête, elle murmura avec satisfaction : « J'ai déjà de la poitrine. » Il l'observait, et, comme s'il avait peur de l'abîmer, tantôt il soulevait sa tresse, et la laissait aussitôt retomber, tantôt il lui effleurait à peine le pied avec un doigt. Et confus, à mi-voix, il répétait des phrases entrecoupées : « Comme tu es gentille, comme tu es blanche. Et maintenant, demanda-t-il en rougissant de timidité, je dois me déshabiller moi aussi ?

— Oui, si tu veux, dit-elle doucement. Au besoin, proposa-t-elle, je me retournerai de l'autre côté, voilà, je resterai à la fenêtre. » Et elle s'approcha de la fenêtre, sans plus ressentir de honte, mais au contraire, secrètement satisfaite d'être nue, et en levant sur la pointe des pieds son corps mince et blanc. On voyait au-delà des vitres une vallée déserte remplie d'une clarté lointaine et mystérieuse, et Antonia, comme un roseau au bord du fleuve, se mira dans cette nuit verte. Mais, regardant la montagne qui fermait la vallée, au sommet de hauteurs inaccessibles, elle aperçut, à pic, une maison solitaire, riche de tours et de contreforts, allongée par de très hautes flèches, et qui, à travers ses murs couleur de fer et ses vitraux, laissait briller des splendeurs matinales. Exaltés par ces lumières, de toutes parts s'envolaient des oiseaux, comme des hirondelles autour de leur nid. Aucune autre maison n'apparaissait de ce côté, et la stupeur d'Antonia fut telle, qu'elle semblait sur le point de tomber à genoux : « Qu'est-ce que c'est, ce palais qu'on voit ? » demanda-t-elle à voix très basse, perdue dans sa contemplation. C'est peut-être une église, une cathédrale ? — Non, ce n'est pas une église », répondit-il brusquement à sa question, avec une voix essoufflée et rauque qui semblait monter d'un souterrain. Intimidée et troublée, elle continua, encore plus bas : « Et ces millions d'ailes, ce sont toutes des hirondelles ? Sont-elles en or ?

— Ce ne sont pas des hirondelles » répondit l'autre

vivement, en une sorte de sanglot rageur. Et il s'approcha péniblement, et leva en haut vers cette maison son visage défait avec un regard dont il est impossible d'exprimer l'horreur : il était rempli du désir le plus enflammé, et absolument privé d'espérance. Puis, avec un effort rageur qui parut le combler de malaise et d'un amer dégoût, il détourna les yeux de là-haut ; mais il s'agitait avec inquiétude à travers la chambre, comme un oiseau qui trébuche dans sa cage. « Ne me parle pas de *cette chose* », s'écria-t-il enfin en s'arrêtant devant Antonia et en la regardant fixement, presque avec haine : « Est-il possible que tu ne saches pas te taire ? » Embarrassée et effrayée, elle se cachait, elle aurait voulu reculer toujours davantage dans l'obscurité et essayait de se couvrir avec ses bras, tant elle avait maintenant honte de son corps. « Je ne parlerai plus, murmura-t-elle humblement ; si tu veux, je resterai toujours sans parler, assise dans ce coin, pourvu que tu me laisses ici. » Il secoua plusieurs fois la tête, et cependant, il continuait à se déshabiller en s'efforçant de ne pas regarder la fenêtre, tandis que les yeux d'Antonia s'agrandissaient d'adoration et d'émerveillement : « Comme tu es jeune », répéta-t-elle en une extase pleine d'humilité. D'une couleur claire et fraîche, avec des formes fines et allongées, son corps était dans la tranquille lueur nocturne comme une fleur dans l'eau d'un lac. Certes, l'on n'avait jamais vu fleur si pleine d'amour, mais, quand elle abaissa les yeux, Antonia s'aperçut avec un frisson que ses deux chevilles étaient serrées par de grosses et lourdes chaînes de fer. Jadis, ces deux chaînes avaient dû être soudées l'une à l'autre, et l'on apercevait encore l'endroit où l'anneau avait été brisé :

« Mais tu es... » commença-t-elle à dire, remplie d'effroi.

L'autre rougit violemment, saisi d'angoisse : — « Tais-toi ! » l'interrompit-il d'un geste impatient, et avec un cri de désarroi enfantin, il chercha, découragé, à se cacher dans l'obscurité. Cette fois encore, elle éprouva un remords obscur et atroce : « Pardonne-moi » supplia-t-elle d'un ton pitoyable. Alors, il s'approcha d'elle, avec un sourire confus et plein de douceur, et il lui prit la main : « Veux-tu, lui demanda-t-il, hésitant, veux-tu que nous nous mettions au lit ? Veux-tu... dormir ?

— Oui », dit-elle. Et ils s'étendirent ensemble. Antonia, qui cherchait sa poitrine comme on cherche un refuge, fut enchantée par le parfum de sa peau ; elle avait une odeur d'enfance et de jardin, comme les herbes qui poussent. Surtout sur la gorge, cette odeur devenait encore plus tiède et ingénue ; elle lui dit, avec un sourire timide : « J'aime tant être couchée auprès de ton épaule. Il y a un parfum meilleur que celui des fleurs. Je ne croyais pas qu'un parfum comme celui-là pouvait exister. Laisse-moi me reposer un peu. » Et son visage se blottit sous le menton du garçon. « Allons, dors ! lui dit-il, ou bien fais semblant de dormir. Et moi, je te caresse avec ma bouche. Fais comme si tu dormais, comme si tu étais inanimée. » Elle ferma les yeux et resta immobile, recueillant en elle tous ses esprits, et, toute tremblante, elle se laissait toucher le visage par les lèvres de l'autre, qui était encore brûlant de fièvre. De temps en temps il s'arrêtait, pour la regarder peut-être, et il avait un rire affectueux et humble. Et elle pensait : « Oh, mon chéri. » Mais levait-elle à peine les paupières, il agitait, furieux, son visage déçu et l'engageait anxieusement à dormir. Ainsi étendue, Antonia sentit cette caresse s'atténuer peu à peu, devenir un infime chatouillis, à peine comme le souffle d'une haleine, et puis se perdre tout à fait en une respiration lasse. Enfin elle osa ouvrir les yeux, et vit que son hôte s'était endormi ; et elle s'aperçut alors que ce visage, plus jeune qu'aucun autre, apparaissait à la lumière tout meurtri, comme s'il avait reçu des coups. Et, de son menton à la pâleur du front, l'obstination et le flamboiement d'un orgueil impie étaient vaincus par les signes d'une lassitude désolée, de pleurs irrémédiables. Cet enfant faisait réellement penser à un insecte lumineux dont on a brûlé la lumière, et qui se heurte, aveugle, d'une ombre à l'autre.

Antonia continua à le regarder, attentive et éperdue, tout en étudiant un à un, avec un soin extrême, ces sillons mystérieux et tragiques. Puis, pensive, elle descendit en silence de leur lit et s'appuya à la fenêtre ; et, détournant le visage pour ne pas regarder audehors, elle en ferma hermétiquement les volets. Quelque peu soulagée, elle fit encore quelques pas sur la pointe des pieds à travers la petite pièce, tout en repliant soigneusement sur la chaise les vêtements épars ; mais, au moment de se glisser de nouveau sous les draps, elle fut frappée d'un pénible soupçon. Elle crut en effet avoir deviné pourquoi son compagnon désirait la voir dormir ; peut-être voulait-il, en cachette, se lever pendant la nuit et la quitter pour toujours. Et elle, à son réveil, elle resterait comme avant, toute seule.

Alors, avec un petit sourire sauvage, ayant pris un bout de la ficelle qui attachait sa tresse, Antonia le noua autour du poignet inerte de l'autre. Avec un tel expédient, elle serait avertie, même pendant son sommeil, de tous les mouvements qu'il ferait. Maintenant, elle pouvait s'endormir en paix, et déjà en effet, avec un doux murmure, elle remontait le long d'un sommeil qui était comme un vertigineux escalier tournant. Et, au pied de l'escalier, tout en bas, on voyait Suor Maria Lucilla, le visage bouleversé, qui sanglotait, en versant avec contrition des larmes grosses comme des grains de raisin. Et elle cousait des chasubles.

X *Le jeu secret*

Sur la place, il y avait toujours une voiture de louage, bizarre et démodée, que personne ne louait jamais. Le cocher somnolent se secouait de temps en temps lorsque sonnaient les heures au clocher, puis, de nouveau, il baissait le menton sur sa poitrine. Dans le coin, auprès de l'édifice jaune pâle de la mairie, il y avait une fontaine, dans laquelle un filet d'eau coulait d'une étrange figure de marbre. De gros cheveux cylindriques se tordaient comme des serpents autour de ce visage, et les yeux saillants et sans pupilles avaient un regard mort.

Depuis presque trois siècles, un palais se dressait sur le côté opposé, en face de la mairie. C'était une demeure noble en ruines, jadis pompeuse, mais désormais dégradée et lugubre. Sa façade chargée d'ornements, que le temps avait rendue grise, laissait voir les marques de sa décrépitude. Les amours dansants qui gardaient le seuil étaient rongés et sales, les festons de marbre perdaient leurs fleurs et leurs feuilles, et le portail fermé montrait des taches de moisissure. Pourtant, la maison était habitée ; mais ses propriétaires, héritiers d'un nom illustre et déchu, se montraient rarement. Ils recevaient seulement, de temps à autre, la visite du prêtre ou du médecin, et, à des années d'intervalle, des parents débarqués de cités lointaines, qui repartaient bientôt.

A l'intérieur du palais se suivaient de grandes salles vides où, les jours de vent et de tempête, la poussière et la pluie entraient en tourbillonnant. Aux murs pendaient des lambeaux déchirés de papier peint, des restes de tapisseries usées ; sur les plafonds, naviguaient des cygnes et des anges nus, et des femmes splendides se penchaient entre des guirlandes de fleurs et de fruits. Certaines salles étaient décorées de fresques, scènes d'histoire ou d'aventures, et elles étaient habitées par des peuples royaux, qui montaient des chameaux, ou jouaient dans des jardins touffus au milieu de singes et de faucons.

La maison donnait, de deux côtés, sur des rues étroites, et, sur le troisième, dans un jardin fermé, une sorte de prison avec une haute muraille, où dépérissaient quelques lauriers et des orangers. Faute d'un jardinier, des orties sauvages avaient envahi ce bref espace, et sur les murs, il poussait des herbes aux fleurs bleuâtres et souffreteuses.

La famille du marquis qui était propriétaire du palais, laissait inhabitées presque toutes les pièces, et elle s'était retirée dans un petit appartement au second étage, rempli de meubles vétustes, où l'on entendait, dans le silence de la nuit, la plainte faible des vers. La marquise et le marquis, d'un aspect insignifiant et mesquin, avaient dans leurs traits cette triste ressemblance qui survient parfois, par mimétisme, après des années de vie commune. Maigres et fanés, les lèvres pâles et les joues tombantes, ils se déplaçaient avec des gestes semblables à ceux des marionnettes. Peut-être que, dans leurs veines, il coulait, au lieu de sang, une substance lente et jaunâtre, et qu'une unique force tirait leurs fils, l'autorité pour l'une, et la peur pour l'autre. En fait, le marquis avait été jadis un noble de province, insouciant et jovial, uniquement préoccupé d'épuiser d'une façon ou d'une autre les derniers restes de son patrimoine. Mais la marquise l'avait éduqué. L'humanité idéale, dans son opinion, devait se garder de rire et de parler à haute voix, et surtout, elle devait scrupuleusement dissimuler aux autres ses propres faiblesses secrètes. Selon ses préceptes, c'était un crime de retrousser les lèvres, de s'agiter, de se moucher avec énergie ; et le marquis, craignant de se laisser emporter à des gestes ou des bruits illicites, évitait depuis longtemps tout geste, tout bruit, se réduisant à n'être qu'une sorte de momie aux yeux doux et à la tête basse. Toutefois il n'évitait pas les semonces et les reproches. Fort bien élevée et mordante, elle le touchait souvent par des reproches directs, ou par des allusions à certains personnages anonymes, tout juste dignes d'infamie. Ceux-ci, disait-elle, ignorant leur propre volonté, et incapables d'élever leurs enfants, entraîneraient leur famille à la ruine, si la Grâce ne les avait munis d'une Epouse. Et l'homme supportait ces tortures sans un battement de paupières, jusqu'à l'heure où, ayant en poche les quelques sous accordés par la sévère Administratrice, il sortait pour sa promenade. Peut-être que, dans la solitude des petits chemins de campagne, il se laissait aller à des gestes excessifs, à des pas de danse, et qu'il se mouchait avec un bruit de tonnerre ; certes, quand il revenait, il avait une étrange lueur dans les yeux, et cette révélation involontaire d'un monde intérieur divertissant et trivial éveillait des soupçons chez la marquise. Pendant toute la soirée elle le pressait de questions toujours plus avilissantes et plus raffinées, afin de lui arracher des révélations compromettantes. Et le pauvre, à force de toussoter, de balbutier et de rougir, se compromettait toujours davantage, tant et si bien que la marquise se mit à exercer un scrupuleux et rigide contrôle sur son mari, et décida fréquemment de l'accompagner dans ses promenades. Résigné, il se soumit ; mais la flamme dans ses petits yeux devint obsédante et fixe, et ce n'était plus une flamme de joie.

C'est de ces parents qu'étaient nés les trois enfants ; et, pour eux, dans leurs premières années, le monde était fait à leur image et à leur ressemblance. Les autres personnages de la ville n'étaient que de vagues apparences, des gamins antipathiques et malicieux, des femmes aux épais bas noirs et aux longs cheveux gras, des vieillards tristes et pieux. Toutes ces apparences mal vêtues erraient sur les petits ponts, dans les ruelles et sur la place. Les trois enfants haïssaient le village ; quand ils sortaient en file, avec leur unique domestique, en rasant les murs, ils avaient des regards obliques et méprisants. Les enfants du pays se vengeaient en se moquant d'eux, et en faisant naître en eux une sombre terreur.

Le domestique était un homme grand et vulgaire, avec des poignets velus, de grandes narines rougeâtres et de petits yeux fuyants. Il se dédommageait de la sujétion où le tenait la marquise en traitant les enfants à la manière d'un maître. Quand il les accompagnait, en ondulant légèrement des hanches, et qu'il les regardait de haut, ou les appelait d'une voix sèche, ils tremblaient de haine. Mais jusque dans la rue, ils étaient poursuivis par les brèves recommandations de leur mère ; ils avançaient en ordre, silencieux et austères.

Presque toujours, la promenade s'arrêtait à l'église, où l'on entrait entre deux colonnes soutenues par une paire de lions massifs à l'expression tranquille. En haut, une large rosace laissait entrer une lumière livide et fraîche, où les flammes des cierges s'agitaient vaguement. Dans l'abside, on voyait un grand corps de Christ, dont les plaies ruisselaient d'un sang violet, et autour duquel des personnages gesticulaient et s'abattaient avec des mouvements pesants.

Les trois enfants s'agenouillaient avec componction et joignaient les mains.

Antonietta, l'aînée, bien qu'elle eût déjà passé dix-sept ans, avait le corps et l'allure d'une enfant. Elle était maigre et sans grâce, et ses cheveux — car on n'avait pas, dans le palais, l'habitude de les laver fréquemment — avaient toujours une légère odeur de souris. Ils étaient séparés par une raie au milieu, et cette raie, très visible sur la nuque, parmi les cheveux plus courts et plus fins, inspirait un sentiment de protection et de peine. Le nez de cette enfant était long, busqué et sensible, et ses lèvres minces palpitaient lorsqu'elle parlait. Dans son visage pâle et décharné, ses yeux remuaient avec une passion nerveuse, sauf en la présence de la marquise, car ils restaient alors baissés et ternes.

Elle portait ses tresses sur les épaules, et un tablier noir si court que, si elle se baissait trop vivement, l'on voyait ses pantalons de toile, étroits et descendant presque jusqu'à ses genoux, ornés d'une faveur rose ;

le tablier s'ouvrait par derrière, sur sa chemise ornée de dentelles. Ses bas noirs étaient tenus par un simple élastique, tortillé et usé.

Pietro, le second, avait environ seize ans, et c'était un être calme. Il bougeait lentement son corps, court et trapu, et ses yeux avaient un éclat discret sous d'épais sourcils. Il avait un bon sourire domestique et sa soumission aux deux autres apparaissait au premier coup d'œil.

Giovanni, le plus jeune, était le plus laid de la famille. Son corps misérable, comme s'il était né vieux, paraissait déjà trop fané pour pouvoir grandir ; mais ses yeux brillants et mobiles ressemblaient à ceux de sa sœur. Après de brèves périodes d'agitation nerveuse, il tombait dans de subites prostrations, suivies d'accès de fièvre. Le médecin disait de lui : « Je ne crois pas qu'il dépassera l'âge de la formation. »

Quand il était saisi par sa fièvre, inexplicable et irrégulière, il était secoué de frissons semblables à des décharges électriques. Il savait que c'était le signe, et les lèvres tirées et les yeux dilatés, il attendait les progrès du mal. Pendant de longues journées, des cauchemars erraient autour de son lit dans un murmure continuel et un ennui informe pesait sur lui, dans une atmosphère fumeuse. Puis venait la convalescence ; trop affaibli pour bouger, il se blottissait dans un fauteuil dont il martelait les bras en cadence. Et alors, il pensait. Ou bien il lisait.

La marquise, absorbée dans ses fonctions d'économe, ne surveillait guère l'éducation et l'instruction des enfants. Il lui suffisait qu'ils restassent en silence et sans bouger. Ce fut ainsi que Giovanni eut l'occasion de lire d'étranges livres dénichés çà et là, où s'agitaient des personnages vêtus de costumes jamais vus : vastes chapeaux, justaucorps de velours, épées et perruques, et, pour les dames, des robes fantastiques, ornées de pierreries, et des résilles tissées d'or.

Ces êtres parlaient un langage ailé, qui savait atteindre les sommets et les gouffres, doux pour l'amour, féroce dans la colère, et ils vivaient des aventures et des songes sur lesquels l'enfant rêvait longuement. Il fit part à ses frères de sa découverte, et, tous trois, ils crurent pouvoir identifier les personnages des livres avec les figures qui peuplaient les murs et les plafonds du palais, et qui, depuis longtemps vivantes en eux, mais cachées dans les souterrains de leur enfance, revenaient maintenant à la lumière. Il y eut bientôt entre les enfants un accord caché. Lorsque personne ne pouvait les entendre, ils parlaient de leurs créatures, les démontaient et les reconstruisaient, en discutaient jusqu'à les faire vivre et respirer en eux. Des haines et de profondes amours les lièrent à l'un ou l'autre, et souvent, il arrivait que les trois restassent éveillés pour dialoguer entre eux dans ce langage. Antonietta dormait seule dans une petite pièce qui communiquait avec la chambre de ses frères ; la chambre des parents était séparée de la leur par une vaste salle, parloir ou salle à manger. Personne ne les entendait donc si, chacun de son lit, ils dialoguaient en incarnant les personnages qu'ils aimaient.

C'étaient des discours délicieux et nouveaux.

— « Leblanc, Chevalier Leblanc, — chuchotait depuis le lit de droite la voix un peu rauque de Giovanni — avez-vous affilé les épées luisantes pour le duel ? L'aube ensanglantée se lèvera bien vite, et vous savez, Chevalier, que le fier Lord Arthur ne connaît point la pitié humaine, et qu'il ne tremble pas devant la mort.

— Hélas, mon frère, — gémissait la voix plaintive d'Antonietta — déjà, déjà sont prêtes les bandes immaculées et les onguents parfumés. Veuille le Ciel qu'ils servent à oindre le cadavre de votre ennemi.

— L'aube ensanglantée, l'aube ensanglantée... — marmonnait Pietro, moins doué d'imagination et toujours un peu somnolent. Mais Giovanni l'interrompait aussitôt, en lui soufflant les mots :

— Toi, disait-il — tu dois répondre que tu affronteras le péril d'un cœur impavide, que ce ne sera pas un quelconque Lord Arthur qui pourrait te faire reculer, et que l'homme capable de le faire n'est pas encore né. »

Ce fut ainsi que les trois enfants découvrirent le théâtre.

Leurs personnages sortirent entièrement de la brume de l'invention, dans un tintement d'armes et un bruissement des robes. Ils acquirent un corps de chair et une voix, et, pour les enfants, une nouvelle vie commença. Dès que la marquise se retirait dans sa chambre, le domestique dans sa cuisine, et que le marquis sortait pour sa promenade, chacun des trois reprenait son rôle. Le cœur battant, Antonietta fermait les deux battants de la porte, et devenait la Princesse Isabella ; Roberto, amoureux d'Isabella, était joué par Giovanni. Seul Pietro n'avait pas de rôle déterminé et figurait tantôt le rival, tantôt le serviteur, tantôt le capitaine d'un navire. Si grande était la force de la fiction que chacun oubliait sa propre personne réelle ; souvent, au cours des longues séances d'ennui présidées par la marquise, ce merveilleux secret trop réprimé jaillissait d'eux en coups d'œil furtifs et brillants : « plus tard, — signifiaient-ils — nous jouerons *au jeu* ». Le soir, dans l'obscurité, les créatures du jeu peuplaient leur solitude, sous les draps, et les événements qui allaient se dérouler le lendemain prenaient forme ; ils en souriaient entre eux, ou bien, si la scène était violente ou tragique, ils serraient les poings.

Au printemps, le jardin-prison gagnait lui-même une vie fictive. Dans le coin ensoleillé, le chat aux rayures rousses frémissait longuement en fermant ses yeux verdâtres. D'étranges odeurs spontanées et vivantes semblaient éclater çà et là d'un buisson ou d'une motte de terre. Des fleurs malades d'ombre s'ouvraient et tombaient en silence, et les pétales meurtris s'accumulaient entre les pierres ; les odeurs attiraient des papillons indolents, qui laissaient tomber le pollen.

Le soir, il tombait souvent des pluies tièdes et sourdes, qui humidifiaient à peine la terre. Elles étaient suivies par un vent faible, chargé lui aussi d'odeurs qui erraient à travers la nuit. Le marquis et la marquise, après déjeuner, s'endormaient sur leur chaise ; les dialogues des paysans, au coucher du soleil, paraissaient des complots.

Le jeu secret était devenu une espèce de conjuration, qui se déroulait entre une planète fabuleuse et lointaine, connue seulement des trois enfants. Pris par l'enchantement, ils ne dormaient plus la nuit pour y penser encore. Une nuit, la veille fut plus longue ; Isabella et Roberto, les amants contrariés, devaient se mettre d'accord pour une fugue, et les enfants s'agitaient dans leur lit pour réfléchir et prendre une décision en cette grave circonstance. Finalement, les deux garçons s'assoupirent, et les visages des personnages qu'ils avaient inventés flottèrent quelques instants sous leurs paupières, entre des moments d'obscurité et de lumière, puis ils s'éteignirent.

Mais Antonietta ne réussissait pas à dormir. Parfois, il lui semblait entendre une lamentation longue et rauque dans la nuit, et elle tendait l'oreille, aux aguets. Parfois, des bruits étranges dans les greniers interrompaient d'un sursaut la comédie qu'elle continuait à vivre en l'inventant, la tête sous son drap. Enfin elle descendit de son lit; elle entra précautionneusement dans la chambre de ses frères et les appela à voix basse.

Giovanni, qui avait le sommeil léger, s'assit d'un bond dans son lit. Sa sœur avait enfilé, par-dessus sa chemise de nuit qui lui arrivait à peine aux genoux, un vieux petit manteau de laine noire. Ses cheveux lisses, ni très longs ni très fournis, étaient dénoués, ses yeux brillaient parmi les ombres obliques et noires, à la lueur d'une bougie qu'elle tenait serrée entre les mains.

— « Réveille-toi, Pietro » dit-elle en se baissant sur le lit de son frère avec une sollicitude impatiente et fébrile. A ce moment, dans le lit voisin, Pietro se secouait et entrouvrait ses yeux pleins de sommeil.

— « C'est pour le jeu » expliqua-t-elle.

Paresseusement, et plutôt de mauvaise grâce, Pietro se dressa sur son coude : les deux garçons regardaient leur sœur, l'aîné d'un air distrait et hébété, le second, déjà curieux, en avançant vers la flamme son visage aux traits à la fois vieux et puérils.

— « Il est arrivé — commença Antonietta avec une ferveur hâtive, comme quelqu'un qui parle d'un événement soudain et grave — que, pendant la partie de chasse, Roberto a écrit un billet et l'a caché dans le creux d'un tronc. Par miracle, le lévrier d'Isabella court à ce tronc et revient avec le billet dans sa gueule. « Feins de t'égarer — voilà ce qui est écrit — et, dès qu'il fera nuit, trouve-toi dans le bois qui entoure le château de Challant. De là, nous nous enfuirons. » Ainsi pendant que tout le monde poursuit le renard, *moi*, je m'enfuis et je rencontre Roberto. Et le vent souffle, et il me fait monter sur son cheval, et nous nous enfuyons dans la nuit. Mais les cavaliers s'aperçoivent de notre absence et ils nous poursuivent en sonnant du cor.

— On s'arrange pour qu'ils les trouvent ? » demanda Giovanni, avec ses yeux mobiles et brillants dans la lumière rougeâtre.

Sa sœur ne pouvait rester en place, elle faisait des gestes des deux mains, de telle sorte que la flamme de la chandelle vacillait dans un désordre de maigres éclairs et d'ombres énormes :

— « On ne sait pas encore, répondit-elle. Parce que, ajouta-t-elle avec un rire mystérieux et triomphant, nous allons aller dans le salon de la chasse, pour jouer au jeu.

— Dans le salon de la chasse ? Ce n'est pas possible ! dit Pietro en secouant la tête. Tu veux rire ! En pleine nuit ! On va nous entendre et nous découvrir ! Et comme ça, tout sera fini. » Mais les deux autres l'attaquèrent avec indignation :

— « Tu n'as pas honte ? dirent-ils. Quelle frousse ! »

Dans une tentative décisive de rébellion, Pietro s'étendit de nouveau dans son lit :

— « Non, moi, je ne viens pas », dit-il. Alors Antonietta devint suppliante :

— « Ne gâche pas tout, implora-t-elle, tu dois faire les chasseurs et les cors de chasse. » — De cette façon, elle vint à bout de l'ultime résistance de son frère, qui se résolut à se lever. Il portait, comme son frère, une vieille chemise de flanelle par-dessus laquelle il enfila ses culottes courtes. Antonietta ouvrit avec circonspection la porte qui donnait sur l'escalier :

— « Prenez aussi votre bougie, leur conseilla-t-elle, là-bas, il n'y a pas de lampe. »

Et tous les trois se mirent en route, en file, dans l'étroit escalier de marbre crasseux et opaque. Le « salon de la chasse » était au premier étage, tout de suite après les marches. C'était l'une des salles les plus vastes du palais, et l'abandon qui rendait sinistres les autres pièces était animé ici par les vastes scènes peintes sur les murs et le plafond. Elles représentaient des scènes de chasse sur un paysage rocheux où poussaient des arbres touffus et sombres. Une multitude de lévriers, le museau dressé et les pattes de derrière tendues, couraient partout dans une fuite rapide, tandis que les chevaux sautaient en l'air ou avançaient solennellement, dans leurs caparaçons rouges et dorés. Les chasseurs, avec d'étranges costumes de soie et de velours, couverts d'écailles comme la peau des poissons, coiffés de hauts chapeaux garnis de longues plumes ou de tricornes verts, marchaient ou défilaient en sonnant du cor. De longs rubans pendaient des cors et voltigeaient, des étoffes de soie jaune et rouge voletaient sur le ciel devenu sombre, et, parmi les rochers, pointaient des plantes aux feuilles aiguës, et des fleurs ouvertes et rigides, semblables à des pierres. Tout cela était englouti par l'obscurité. Les bougies, avec leurs lumières insuffisantes pour la dimension du salon, découvraient çà et là les couleurs vives des selles et le dos blanc des chevaux. Les ombres des enfants s'agitaient, gigantesques, sur les murs, avec des gestes agrandis et des pas de fantôme.

Ils fermèrent les portes. Le drame commença.

Le silence de la nuit était énorme ; le vent s'était arrêté pour éviter de faire bruisser les arbres du bois. Antonietta était debout près d'un arbre peint dans lequel la sève se mit soudain à courir. Des oiseaux endormis mais vivants se nichèrent entre les feuilles. Et sur elle, par miracle, grandit une longue robe, d'une forme somptueuse et végétale, d'où pendait une bourse d'or. Ses cheveux se divisèrent en deux tresses blondes, et ses pupilles se dilatèrent de ravissement et de peur.

— « Courage, mon âme, je suis ici, auprès de toi » — murmura l'autre, en se changeant en un vaillant chevalier. Son tendre visage de faune s'avançait dans l'obscurité.

— « Roberto ! — dit-elle avec un faible cri — Roberto ! serre-moi dans tes bras, mon amour ! »

Une grâce soudaine affleurait en elle. Ses dents et ses yeux brillaient de grâce, la grâce reposait dans son cou recourbé et sur ses lèvres. Elle se pencha, posant sur le dallage ses genoux nus.

— « Que fais-tu, ô ma fiancée ?, dit-il, lève-toi ! »

Elle sursautait. — « Tu es venu — murmura-t-elle,

comme en gémissant — et il ne fait plus nuit, et je n'ai plus peur ! Enfin ! Je suis auprès de toi ! Je suis comme dans une forteresse, comme dans un nid. Si tu savais comme j'étais triste, et comme je pleurais pendant ces nuits solitaires. Et toi, mon cœur, que faisais-tu pendant ces nuits ?

— J'errais sur mon cheval, dit-il, en pensant à la façon dont je pourrais t'enlever. Mais, ma bien-aimée, il ne faut plus penser au temps de la solitude. Maintenant, tout est passé. Aucune force ne pourra nous séparer. Nous sommes unis pour l'éternité.

— Pour l'éternité, répétait-elle éperdument. Elle souriait, les paupières baissées, et soupirait et tremblait. Soudain, elle sursauta et se serra contre lui : « Ne crois-tu pas entendre, dit-elle, comme le son d'un cor dans le lointain ? »

Roberto tendit l'oreille. — « Est-ce que je dois sonner du cor ? » demanda Pietro en s'approchant. C'était sa spécialité. Il savait imiter le son des instruments à vent et les cris des animaux, et quand il faisait cela, ses joues se gonflaient d'une manière étrange et monstrueuse.

— « Oui », chuchotèrent les deux autres.

On entendit le son d'un cor, rauque et bas, qui devenait peu à peu plus proche et plus éclatant. Dans la forêt, le vent se leva ; une rafale entraîna le feuillage des arbres comme la soie des bannières. Les chevaux bondirent, les cavaliers s'agitèrent sur leurs croupes, les faucons tournoyèrent dans l'air sifflant. Les lévriers se jetèrent dans les ténèbres, et les cavaliers soufflant dans leurs cors et criant : « Holà ! holà ! » s'avancèrent en courant parmi les torches qui dessinaient des lignes et des cercles de fumée.

Isabella poussa un cri, et renversa la tête en arrière, en s'agrippant à Roberto :

— « Ma Reine !, s'écria celui-ci, nul ne t'arrachera de mes bras. Je le jure ! Et je scelle mon serment par ce baiser ! Et maintenant, avancez-vous ! Avancez-vous, si vous en avez le courage ! »

Les deux enfants s'embrassèrent sur les lèvres. Giovanni grandissait ; les joues rouges, les tempes battantes, il se serrait contre sa sœur. Et celle-ci, les cheveux en désordre, la bouche brûlante, commença une danse frénétique. — « Venez, cavaliers et chevaux ! » criaient-ils en même temps. Et Pietro sautait çà et là, en vacillant sur son corps trapu ; avec ses joues gonflées, il avait l'air d'une grosse cornemuse.

A ce moment, la tragédie et l'allégresse s'interrompirent. Les arbres et les cavaliers se figèrent, perdant leurs dimensions, et un silence poussiéreux entra dans la pièce. A la lueur des bougies, il n'y avait plus que trois enfants laids.

La porte s'ouvrait. La marquise, saisie d'une inspiration, avait décidé à l'improviste de faire une visite dans la chambre des enfants, et ses recherches l'avaient conduite jusque dans le salon de la chasse. « Qu'est-ce que c'est que cette comédie ? » s'écria-t-elle d'une voix claironnante et stupide. Et elle entra en tenant un grand candélabre, suivie par le marquis.

Leurs ombres grotesques glissèrent, immenses, sur le mur opposé. Le menton et le nez pointu, les doigts secs et la tresse pendante de la marquise, fixée au sommet de sa tête, remuaient faiblement dans cette lumière maintenant plus claire, et la silhouette humble et menue du marquis restait derrière, immobile. Il portait une robe de chambre usée, à rayures jaunes et rouges, qui le faisait ressembler à un scarabée, et ses rares cheveux gris, qu'il enduisait toujours d'une certaine pommade, étaient dressés sur sa tête et lui donnaient l'expression de la terreur. Il restait là, sur ses gardes, comme s'il avait eu peur de trébucher, et masquait de sa main tendue la flamme de la bougie.

La marquise tourna sur ses enfants un regard perçant qui les glaça ; puis elle s'adressa à sa fille, les sourcils levés, avec un sourire ironique et méprisant.

— « Mais regardez-la ! — s'écria-t-elle — ... charmante ! Oh, elle est charmante, charmante ! » — et, devenue tout à coup furieuse et agressive, elle continua, sur un ton plus haut : « Vous devriez avoir honte, Antonia ! Vous m'expliquerez... »

Les enfants se taisaient ; mais, tandis que les deux garçons restaient confus, les yeux baissés, Antonietta, blottie près de son arbre désormais privé de vie, fixait sa mère avec des yeux égarés et grands ouverts, pareille à une petite caille surprise par un épervier. Puis son visage très pâle, aux lèvres blanchies, se colora d'une rougeur désordonnée et violente, qui couvrit sa peau de taches sombres. Ses lèvres tremblèrent, et elle s'agita un moment, perdue, écrasée par une honte douloureuse et irrépressible. Elle se reculait toujours davantage dans son coin, comme si elle avait peur que quelqu'un ne voulût la toucher et la fouiller.

Les deux frères restèrent désemparés devant la scène qui suivit. Leur sœur tomba soudain à genoux, et ils crurent qu'elle voulait demander pardon : au contraire, elle couvrit de ses mains son visage en feu, et commença à se secouer bizarrement en un rire rauque et fébrile, qui se transforma vite en pleurs de rage. Elle découvrit son visage convulsé, et, allongée par terre avec les jambes raides, elle se mit à arracher ses cheveux dénoués, en un geste puéril et continu.

— « Antonietta ! Qu'est-ce qui se passe ? » s'écria le marquis épouvanté. — « Toi, tais-toi ! » lui ordonna la marquise, et comme sa fille, en s'agitant, avait découvert ses jambes maigres et blanches, elle détourna la tête avec dégoût.

— « Levez-vous, Antonietta », commanda-t-elle. Mais sa voix exaspéra sa fille, qui parut possédée par les furies ; c'était la jalousie de son secret qui la bouleversait. Muets, ses frères s'écartèrent, et elle resta seule au milieu, en secouant la tête comme si elle avait voulu l'arracher de son cou, en gémissant avec des gestes désordonnés et impudiques. — « Aidez-moi à la soulever » — dit enfin la marquise, et, dès que ses parents la touchèrent, Antonietta cessa tout mouvement, épuisée. Soutenue sous les bras, elle s'avançait sans conscience en montant l'escalier aux lumières basses ; ses yeux étaient secs et fixes, elle avait sur les lèvres l'écume de la colère, et ses cris avaient cédé à une lamentation étouffée et saccadée, mais remplie de haine. Elle continua encore à se lamenter, de la même façon, dans son lit où ils la firent s'étendre ; et ils la laissèrent seule.

Dans la chambre voisine, ses frères ne pouvaient s'empêcher de tendre l'oreille vers cette plainte qui les éloignait aussi de la pensée de leur secret violé. Puis Pietro fut vaincu par un sommeil sans rêves, et Giovanni resta seul à veiller dans cette obscurité. Incapable de s'apaiser, il se tournait d'un côté sur l'autre, puis il se décida, et, après avoir quitté son lit, il entra, les pieds nus, dans la chambre de sa sœur. C'était une chambre étroite, oblongue, où l'on respirait l'air de l'enfance ; mais d'une enfance brimée de collège. Le plafond était orné d'un petit personnage déteint : une femme mince, vêtue de voiles orange, qui, tout en dansant, tendait les bras vers un vase peint. Les murs étaient tachés et pâles ; une paire de vieilles pantoufles était placée à côté du lit de bois, et, contre le mur, un ange aux ailes étendues tenait un bénitier. La veilleuse était allumée et répandait sur le lit un halo bleuâtre et pâle.

— « Antonietta ! appela Giovanni. C'est moi... »

Sa sœur ne parut pas s'apercevoir de son appel, bien que ses yeux fussent ouverts et pleins de larmes ; elle gisait, plongée dans sa plainte d'enfant, les lèvres serrées et tremblantes, et ne bougea pas ; tout doucement, ses yeux étaient en train de se fermer, et l'on voyait ses cils humides, longs et étoilés. Tout à coup, comme en sursautant, elle appela :

— « Roberto ! » et ce nom et la douceur poignante de sa voix pleine de regrets déconcertèrent son frère.

— « Antonietta ! répéta-t-il. C'est moi, je suis ton frère, Giovanni ! »

— « Roberto ! » répéta-t-elle d'une voix plus basse. Maintenant, elle se calmait, elle paraissait recueillie en elle-même et attentive, comme quelqu'un qui suit avec attention les traces d'un rêve. En silence, son frère perçut lui aussi la présence de Roberto dans sa chambre ; grand, un peu fanfaron, avec son justaucorps de velours noir, son arme damasquinée et ses boucles d'argent, Roberto était debout entre eux deux.

Antonietta paraissait désormais tranquille et endormie ; il sortit dans le couloir. Là, il fut saisi par le silence de la maison, un silence renfermé et pourtant sans limites, comme celui des tombeaux. L'étouffement et la nausée le prirent à la gorge, il s'approcha de la grande fenêtre de l'escalier et ouvrit les vitres. Il entendait dans la nuit des bruits légers, comme ceux de corps mous tombant sur le sable du jardin ; l'espace au-delà du jardin lui parut vivant et sensible, et le besoin de s'enfuir, qu'il avait déjà éprouvé d'autres fois, mais de façon chimérique et vague, s'empara maintenant de lui, soudain et irrésistible.

Sans réfléchir, presque inerte, il retourna dans sa chambre et enfila ses vêtements dans le noir. Ses chaussures à la main, il descendit l'escalier, et le grincement de la grande porte refermée derrière lui l'atterra et en même temps le charma comme un chant.

— « Adieu, Antonietta » dit-il tout bas. Il pensa qu'il ne reverrait jamais plus Antonietta, jamais plus la place ni la maison ; il devait seulement marcher, droit devant lui, afin que tout cela n'existât plus.

Sur la place déserte, on entendait le ruissellement rauque de la fontaine, et il se tourna de l'autre côté, en détournant le regard de cette froide et triste façade de marbre. Il parcourut les rues qu'il connaissait, jusqu'au moment où commencèrent les petits chemins de campagne, puis les champs. Le blé déjà haut et vert poussait à droite et à gauche, au fond, les montagnes semblaient un amas de nuages indistincts, et la nuit avancée, comme épuisée, respirait humide et immobile sous les lueurs aiguës des étoiles. « J'arriverai à cette chaîne de montagnes, pensa-t-il, et puis à la mer. » Il n'avait jamais vu la mer, et le murmure illusoire et sombre d'un coquillage que, souvent, quand il était enfant, il approchait par jeu de son oreille reparut en lui, mais vivant maintenant et répercuté en lui-même, de sorte qu'au lieu des champs, il lui parut avoir à ses côtés deux étendues d'eau tranquilles, avec des remous incessants. Quelque temps après, il pensa qu'il avait beaucoup marché, alors qu'il ne s'était guère éloigné de son village. Epuisé, il voulut se reposer au pied d'un arbre dont le tronc était lisse, et dont le feuillage épais était divisé en deux longues ramifications semblables aux deux bras d'une croix.

Il venait d'appuyer sa tête contre l'écorce lorsqu'il sentit un frisson : « *le mal* » pensa-t-il, atterré et calme à la fois. De fait, la fièvre entrait en lui, elle creusait avec ses racines enflammées et troubles dans son corps déjà trop faible pour qu'il pût se relever. Aussitôt sa vue devint aiguë, de sorte qu'il distinguait maintenant le fourmillement des animaux nocturnes qui faisaient le cercle autour de lui, et il voyait cligner et s'éteindre leurs yeux semblables à des feux voilés.

Ils lui faisaient des signes, il les reconnaissait tous, et peut-être qu'il allait pouvoir les appeler un à un et leur poser les questions innombrables qui, depuis son enfance, s'accumulaient en lui.

Mais, avec une hâte étrange, la nuit émigrait déjà dans le jour. Il se levait une aube claire dans laquelle le paysage parut changé en une vaste cité de craie, poussiéreuse et déserte, parsemée de cabanes semblables à des mottes de terre, et de courtes colonnes. Dans cette ville, du côté du soleil, apparut Isabella grande comme un nuage devant le ciel, avec une robe semblable au calice d'une fleur rouge. Elle venait à sa rencontre, bien que ses pieds fussent immobiles. Ses épaules nues se courbaient de fatigue, tandis que sa bouche fermée paraissait sourire, et que ses yeux vitreux et immobiles le fixaient pour le faire dormir.

Il s'endormit docilement ; et, le jour venu, ce fut précisément le serviteur détesté qui le retrouva et le porta à la maison dans ses bras vulgaires. Comme tant d'autres fois, Giovanni gisait dans son lit, pendant des journées inconscientes d'être vécues ; sa sœur Antonietta le veillait. Elle restait là, paresseuse et tranquille, quelquefois en cousant, souvent sans rien faire. Elle regardait son frère qui délirait dans ses mondes rouges et ardents, et de temps en temps elle lui tendait de l'eau. Elle restait là, assise, avec son tablier et sa coiffure lisse, semblable à une domestique de couvent.

Ses lèvres paraissaient brûlées.

X Le camarade

J'étais un garçon de treize ans, élève du lycée ; parmi mes nombreux camarades, ni beaux ni laids, il s'en trouvait un d'une grande beauté. Il était trop rebelle et paresseux pour être le premier de la classe, mais, tous le voyaient bien, le moindre effort lui aurait suffi pour le devenir. Aucune de nos intelligences ne se révélait aussi claire et aussi heureuse que la sienne. J'étais le premier de la classe ; j'avais un tempérament poétique et, pensant à mon camarade, il m'arrivait de l'appeler « Archange ».

En l'évoquant sous ce nom, je revois ses cheveux dorés et un peu longs, la courbe de ses joues qui s'accordait de façon si délicate avec celle de ses lèvres, la lumière orgueilleuse de ses yeux. Et j'entends même encore son rire plein d'un abandon enfantin : semblable à une eau demeurée limpide à travers toutes ces années.

Notre camarade était si gâté par la nature qu'aucun de nous ne doutait qu'il ne le fût également par la fortune. Son orgueil était légitime, il était assurément le plus riche de nous tous. Il avait les cheveux bien coiffés, de jolies cravates, et ses livres de classe étaient recouverts d'un beau carton rouge et brillant. Aucun de nous ne se jugeait digne d'être admis dans sa maison, que, sans l'avoir vue, nous imaginions royale.

Tous les jours, une femme venait le chercher qui, selon ce qu'il nous dit lui-même, était sa bonne. Grande et réservée, on l'aurait dite orgueilleuse, elle avait les joues pâles, les paupières battues de ceux qui dorment peu pendant la nuit, et une tresse si splendide et si lourde qu'elle paraissait être en or massif, et qu'elle réunissait en chignon sur la nuque selon l'usage des femmes du peuple.

Tous deux échangeaient un sourire, où je vois aujourd'hui une complicité ; puis la femme, avec l'humble sollicitude d'une servante, précisément, prenait le cartable des mains de mon camarade. Et ils s'en allaient ensemble vers cette demeure jamais vue, sur laquelle j'échafaudais des rêves.

Bien que je fusse le premier de la classe, — et non pas lui — je me remplissais de fierté quand il m'appelait par mon nom de baptême, *Augusto,* au lieu de m'appeler par mon nom de famille, comme il faisait avec les autres élèves.

Un jour (mon camarade avait été appelé à la chaire pour être interrogé), quelques-uns d'entre nous s'aperçurent tout de suite que son visage était différent. Il y avait dans les yeux une sorte d'épouvante furtive. Il avait l'air, pensais-je avec pitié, de quelqu'un qui a laissé chez soi un hôte féroce qui, en son absence, peut se déchaîner sur les choses qu'il aime. A la première question du professeur, il fixa sur la chaire ses yeux stupéfaits ; puis il éclata en pleurs étranges. Etranges parce qu'ils n'étaient pas spontanés et libérateurs, comme ceux des autres enfants de son âge ; mais difficiles et amers, comme ceux des adultes dont la douleur est pétrifiée et sans issue. En le voyant pleurer ainsi, la tête repliée entre les bras et agitée de sanglots, nous étions vaincus par ce même malaise angoissant que l'on éprouve en voyant pleurer un homme.

Le matin suivant, nous apprîmes la cause de tout cela : en effet notre camarade ne vint pas en classe, parce que sa mère, malade depuis plusieurs jours, était morte pendant la nuit. Nous apprîmes également que sa mère était effectivement cette femme du peuple qui avait coutume de l'attendre à la sortie ; il avait certainement honte de sa pauvreté, et c'est pourquoi il avait prétendu qu'elle était sa bonne.

Cette méprisable comédie excita notre dédain contre notre camarade ; mais, comme il cessa de fréquenter l'école, les autres élèves ne purent se venger. C'est à moi que fut réservée la vengeance.

Notre camarade, qui était déjà orphelin de père et n'avait pas d'autres parents, fut recueilli par charité par un oncle commerçant qui le mit dans sa boutique comme garçon de magasin. Il n'avait pas quitté l'école depuis longtemps lorsque un jour, je le retrouvai en entrant par hasard dans ce magasin. Je sortais précisément de classe et j'avais mes livres sous le bras. Il portait un petit costume trop étroit et trop court ; et, sur ses épaules un peu maigres, son visage enfantin était si beau que malgré moi, je m'entendis l'appeler en moi-même comme jadis : *Archange*. En me regardant, il eut le sourire contraint d'un enfant battu qui, pour éviter de vous donner satisfaction, ne veut avoir l'air de rien. Mais, me voyant froid et silencieux de l'autre côté du comptoir, il devina peut-être le mépris que, de même que tous les autres garçons, j'éprouvais pour lui. Ses pupilles s'enflammèrent d'orgueil, son sourire devint victorieux et méprisant, et, à voix basse, il me dit : « Sale bûcheur ! »

Je ne sais qui forma pour moi la phrase de ma réponse, et la porta à mes lèvres d'enfant. Elle résonne en moi, comme étrangère, et pourtant c'est moi qui la prononçai : « Fils de boniche » lui dis-je. J'eus à peine le temps, après cela, de voir sa rougeur enflammée, puis, aussitôt, sa pâleur : il m'apparut alors si abandonné et si désarmé dans sa lâcheté, que tout d'un coup, j'éprouvai à nouveau pour lui, entier, mon amour enfantin pour mon camarade. Je sortis en courant du magasin.

Depuis je ne l'ai plus revu et je n'ai plus entendu parler de lui ; mais, aujourd'hui encore, malgré mon mépris, le sentiment que j'éprouve pour mon camarade est tel que, si je le savais en prison (je ne sais pourquoi mon esprit s'arrête sur cette hypothèse comme sur la plus vraisemblable) je serais prêt à prendre sa place, pourvu qu'il fût libéré.

Andurro et Esposito

LA JOURNÉE

Le vieil Andurro, qui ne savait pas son âge, se réveilla en pleine nuit, comme cela lui arrivait toujours. Bien qu'il fût déjà éveillé, il ne pouvait cependant pas se lever, jusqu'au matin, lorsque sa petite-fille Elena venait l'aider. Tout seul, il était incapable de se lever.

Les heures d'immobilité et de silence, jusqu'à l'aube, s'écoulaient pour lui sans ennui ni douleur, comme de l'eau. De sa chambre étroite et presque souterraine, il ne voyait pas au-dehors ; pourtant il devinait le foisonnement des étoiles dans la voûte céleste et leur pâlissement, jusqu'au moment où il pensait : « nous y voilà ». Et l'on peut dire au même instant, la première lumière filtrait à travers les fissures, semblable par sa couleur à un visage pâle et battu par les rêves.

Le vieil Andurro pensa : « D'ici peu ma petite-fille Elena va venir, tandis qu'avant, c'était Maria, ma femme, qui venait. C'était une vieille encore vive, toujours en train de bavarder et de se hérisser comme une poule, alors que je ne pouvais déjà plus faire deux pas de suite. Je lui disais : « avec qui marmonneras-tu, petite poulette, quand je serai enterré ? » — « Et puis, voyez, c'est elle qui est morte, et moi je suis là. »

Il rit un peu et secoua la tête. A ce moment arriva, grande et pieds nus, sa petite-fille Elena. Baissant sur lui ses yeux noirs, qui rayonnaient dans son visage comme deux astres, sérieuse et habile, elle le vêtit et l'aida à s'asseoir sur la marche du seuil. Elle n'oublia pas de lui laisser l'assiette de soupe qui devait lui suffire pour toute la journée : une bouillie de pain trempé et d'herbes hachées, ce qu'il y a de mieux pour un vieux tout juste bon à mâchonner. Et, sans bruit, ondulant ses hanches avec une grâce très noble, sa petite-fille Elena s'en alla. Assis sur la marche du seuil, le vieux savait que le soleil s'était levé mais, comme il était caché par la montagne, on ne le voyait pas. Son ardeur filtrait par les flancs de la montagne, jusqu'au moment où apparurent les rayons et où le vieux pensa pour la millième fois : « On dirait le Saint-Esprit dans la nuée. » Cette pensée le tint occupé fort longtemps ; à la fin, libéré, le merveilleux courant d'or coula du haut de la montagne, les cochers sortirent pour orner leurs chevaux et partirent au milieu du claquement des fouets. A tous, Andurro criait : « Bon voyage ! », mais comme sa voix était empâtée et rauque, pareille à un roulement de tonnerre, ils ne le comprenaient pas.

A dix heures commençait la promenade des messieurs et des dames, qui descendaient à la mer : « Entrez, je vous en prie, messieurs, — suppliait le vieux, — montez sur ma terrasse, car il y a une belle vue. » Croyant que son but était de gagner de l'argent, la plupart refusaient. Pourtant Andurro n'attendait pas de paiements, et, au contraire, il offrait aux dames des œillets de sa terrasse. Ne pouvant monter lui-même jusqu'en haut, d'où apparaissaient même le volcan et les îles, il voulait qu'au moins d'autres que lui pussent en profiter à sa place. « Comme c'est beau ! » criaient tous les gens de là-haut. Et le vieux riait, content de l'honneur qu'il en recevait.

A midi, il mâchonna la moitié de sa soupe, en laissant le reste pour le dîner. Pendant plusieurs heures, personne ne passa, excepté les marmots demi nus qui se roulaient dans la poussière et quelques ânes conduits à la bride par une petite fille. Une bonne partie de ce temps, le vieillard la passa la tête penchée sur ses genoux, ou appuyée contre le montant de la porte. En entendant les cloches il pensa à la chanson *Frère Jacques*. Cette chanson, elle aussi, eut le pouvoir d'occuper son esprit pendant des heures ; à la manière d'un son qui naît en un point, et qui, à travers un rocher, puis un autre, et une autre encore, se répercute à travers un immense espace.

De temps en temps, sa petite-fille Elena apparaissait pour lui offrir ses services. En la saluant d'un geste indulgent, il lui cria : « Est-ce que tu as un amoureux ? »

Le soleil descendit du côté de la mer, mais le vieux n'en distinguait le cercle étincelant que vaguement. Avant que l'humidité du soir n'eût pu lui pénétrer dans les os, vint sa petite-fille Elena, grande et les pieds nus ; et, penchant sur lui ses yeux noirs, qui lui ombraient le front comme deux roses de velours, elle le déshabilla et le mit au lit. Puis, ayant fait le signe de la croix sur son visage, elle s'en alla.

De sa chambre étroite et presque souterraine, le vieillard de nouveau ne voyait plus au-dehors ; mais il apercevait la première animation des étoiles dans le crépuscule du ciel, et les voyait s'allumer en un point fixe. « A cette heure, pensa-t-il, Maria, ma femme, quand elle était vivante, récitait le Rosaire, et chuchoti, chuchota, elle n'en finissait pas. Avec l'aide de Dieu, sa petite chanson aura servi pour moi aussi. Comme ça, je n'aurai pas trop à me préoccuper de mon âme. C'est ça. »

Grâce à cette pensée qui trottait dans sa tête, le soir s'avança, facile et bienveillant, sur la veillée du vieillard. Les heures de la nuit sonnaient, et la lune, presque aussi ténue qu'un fil, s'avançait peu à peu avec leur sonnerie. Quand elle fut très haute, et presque sur son déclin, le vieil Andurro s'endormit.

LE BAPTÊME

Francesco Esposito venait d'une famille d'anarchistes et d'athées, et c'est pourquoi, à sa naissance, il n'avait pas été baptisé. Il arriva à l'âge de soixante-quinze ans sans recevoir de sacrements (*comme les bêtes*, disait Lucia, sa payse). Tous ses parents étaient morts, il était seul ; et il souffrait d'artériosclérose, de telle sorte que, d'un moment à l'autre, la mort pouvait survenir pour lui aussi. Son sort suscitait beaucoup de préoccupations dans l'esprit de Lucia. Le matin, lorsque son mari, cocher de place, était parti avec sa voiture et son cheval, et que ses quatre aînés étaient allés à l'école, elle laissait seuls pendant quelques instants ses trois derniers enfants, qui en profitaient aussitôt pour se rouler dans la poussière de la place (de tous leurs amusements, celui qui les rendait le plus heureux). Et s'étant noué un fichu noir sous le menton, elle courait aussitôt à la petite chambre (une espèce de souterrain étroit et long) qui constituait toute la demeure de Francesco Esposito. Puis, semblable à un passereau matinal qui vient chaque jour répéter la même chanson, elle lui disait joyeusement, avec les regards fervents de ses yeux d'Arabe :

— « Alors, la nuit ne vous a pas porté conseil ? Donc, qu'est-ce que vous en dites ? N'allons-nous pas nous occuper de vous préparer cette petite place au Paradis ?

— Oh, répondait Francesco Esposito, à mon âge, que voulez-vous ?

— Votre âge, s'écriait Lucia, en poussant un éclat de rire nerveux, et en tirant d'un coup sec sur les pointes de son fichu, qu'est-ce que ça peut bien lui faire, votre âge, à Notre Seigneur ? Pour Notre Seigneur, nous sommes tous de petits enfants, comme ma Filomena, qui est encore dans ses langes. Qu'est-ce que vous croyez, l'âge et la vieillesse, tout cela, ce sont des sornettes de ce monde. La mort, oui, c'est une vraie chose de Notre Seigneur ; et alors, oui, Notre Seigneur, le Maître principal, nous appelle pour l'examen. Et si nous ne sommes pas prêts, il nous dit : « Qui êtes-vous, ignorants ? Je ne vous connais pas. Hors de ma maison ! »

Et, avec de grands gestes inspirés, se retournant de

temps en temps en arrière à la pensée de ces trois fainéants qui se roulaient dans la poussière, une fois encore Lucia expliquait à Francesco Esposito tout ce que l'on savait au sujet de l'Enfer et du Paradis ; combien l'Enfer était horrible, et vertigineux, et ténébreux, et immonde ; et le Paradis, au contraire, lumineux, joyeux et tranquille, et puis une atmosphère d'anges, de saints et de bonnes personnes comme il faut. « Mais est-ce que vous aimez l'idée, lui disait-elle, de passer toute l'éternité, dans les siècles des siècles, en compagnie des païens, des excommuniés, et des gens de la pègre, voleurs et assassins. De ces criminels qu'ici sur terre, on voudrait éviter comme les immondices, et puis vous les retrouverez là-bas, nez à nez, comme s'ils étaient tous vos compères et vos commères ! »

Il n'y avait pas de jour où en fichu noir, de petits souliers de toile aux pieds (dans le bourg, elle était l'une des très rares femmes à porter des souliers, comme les dames) Lucia ne descendît jusqu'à la maison de Francesco Esposito, pour répéter ses raisonnements, et pour convaincre le vieux de se faire baptiser. Un matin enfin, Francesco Esposito fit un clin d'œil et lui dit :

« Mais en somme, Notre Seigneur était un grand sage, n'est-ce pas, quelqu'un qui s'y entendait et qui avait un cerveau extraordinaire !

— Un cerveau extraordinaire, s'écria Lucia, avec une solennité outragée, vous parlez d'un cerveau extraordinaire ! C'est lui qui a fabriqué le monde en six jours et qui s'est reposé le septième, c'est Notre Seigneur, je vous dis !

— Alors, déclara Francesco Esposito, en se levant,

il doit en savoir plus que moi. Et s'il dit qu'il faut se mouiller avec de l'eau bénite, je ferai comme il le dit. »

Après avoir dit cela, il regarda Lucia d'un air sourcilleux et riant. Et la femme se mit à trembler d'une joie qui lui coupait presque le souffle, et elle embrassa les mains de Francesco Esposito en répétant : « Fils de Dieu, Dieu vous a béni car, de bohémien que vous étiez, vous vous retrouvez dans un Palais éternel ! » Puis, hâtivement, sur un ton fiévreux, elle expliqua qu'elle s'occuperait de tout, du parrain, du curé et de la cérémonie. « Et maintenant — conclut-elle en arrachant, d'enthousiasme, son fichu de sa tête — laissez-moi retourner avec mes trois enfants, car Dieu sait ce qu'ils sont en train de faire ! » Et elle s'en fut ; le long du chemin, elle s'écriait : « Ah, ma Sainte Mère, très douce petite Vierge du Carmel, qui m'avez fait cet honneur, à moi qui n'en suis pas digne ! » Et elle murmurait en toute hâte des *ave Maria* d'action de grâce.

En peu de temps, le vieux Francesco Esposito fut instruit à propos des sacrements, de la Loi et de la Doctrine ; on lui enseigna les paroles qu'il devait dire en réponse au prêtre, et on lui apprit comment, à travers le rite du baptême, il serait finalement débarrassé de la tache du péché originel (qui, jusqu'alors, dans le village, où tous les autres avaient été purifiés, ne souillait que lui seul de sa honte horrible) ; c'est pourquoi quand il plairait à Dieu, il s'envolerait au Paradis, candide comme un enfant. Or, en vérité, à cause de son esprit lent, Francesco Esposito avait quelquefois du mal à comprendre de telles explications, plus encore que s'il avait été un petit garçon.

Vint l'heure de la cérémonie ; et, pendant tout le

temps, il resta tranquille, la tête baissée, et il répondait au prêtre en syllabant. Mais lorsque le prêtre disait : *Francisce,* ou bien *hunc famulum tuum Franciscum,* sachant que l'on parlait de lui, et entendant prononcer son nom en latin, il avait une espèce de sursaut, et redressait orgueilleusement la tête.

A la fin de la cérémonie, son parrain, un homme qui avait des terres dans les environs et à qui Lucia avait demandé de jouer ce rôle, lui fit don d'une médaille d'argent avec une chaîne ; il la lui mit lui-même autour du cou, après quoi, ayant à faire dans ses champs, il s'en alla. Lucia, elle aussi, après un joyeux éclat de rire de connivence qui fit trembler dans sa gorge son salut, s'en retourna chez elle. Et Francesco Esposito resta seul.

Suivant son habitude, il s'assit devant la porte d'entrée. Qui aurait dit que ce jour-là, tout avait changé pour lui ? Toutes les choses semblaient pareilles. Devant lui, dominant la mer, se dressait la montagne, dont la difficulté qu'il avait à lever la tête l'empêchait de regarder le sommet, et qui lui donnait une impression de hauteur vertigineuse. Sur ses pentes, dans la lumière de midi (qui, à ses yeux, se confondait en une sorte de crépuscule étincelant), on pouvait distinguer les taches diverses des vignes, des oliviers, et des prés qui, pour lui, paraissaient toutes noires, mais d'un noir inégal. Et, plus loin, les deux bleus contigus du ciel et de la mer s'ouvraient dans le lointain comme un lac immense, et presque comme la bouche mystérieuse d'un unique gouffre.

De temps en temps, on entendait dans le grand espace ouvert des échos de chansons ou d'appels, voix inconnues et pourtant familières à Francesco Esposito. Et le long de la ruelle, devant lui, se succédaient les passants familiers : voici le père-des-vingt-sept enfants, gras et insouciant, qui chantait à tue-tête la dernière chanson à la mode dans les auberges, voici la femme et la fille aînée de Pasquale Massa, mieux connu comme le « Sur-Crasseux » (c'est-à-dire super-crasseux, crasseux et sale au suprême degré), échevelées, qui se disputaient comme d'habitude. Voici la sage-femme, rauque et maigre, la cigarette à la bouche. Voici, en personne, le sinistre Sur-Crasseux, le chapeau sur la tête et la joue balafrée... Tous ces gens virent Francesco Esposito, tantôt lever la main d'un geste indulgent, tantôt hocher la tête. Parfois, il touchait ses boucles blanches qui avaient été baignées par l'eau bénite, et aussitôt, avec un rire discret, il se cachait la tête entre les mains. Qui sait si les gens s'apercevaient que, maintenant, il était comme tous les autres, et innocent comme un petit enfant ? Il lui venait des pensées qui avaient, dans leur apparence, une forme blanche et ailée, comme des palombes. Et s'il pensait à la mort, il voyait un champ très blanc, couvert, aurait-on dit, d'un troupeau d'agneaux tous endormis l'un près de l'autre, comme des frères se reposant dans un beau lit.

Puis il fut pris par une ronronnante somnolence méridienne, mais, au-delà de cette somnolence (qui toutefois ne lui accordait pas le repos), il avait l'impression que s'ouvrait un gouffre noir. C'est un fait qu'il était encore esclave du doute et de l'ignorance. Sur la fin de l'après-midi, une telle solitude lui pesa et il se décida à faire une visite à Vincenzo Vuotto.

Vincenzo était un homme encore plus âgé que lui,

qui, à cette heure se trouvait certainement dans sa cuisine, en train d'attendre que sa famille revienne des champs. Il en était bien ainsi : son ami était assis là, en manches de chemise, sur une chaise, et il appuyait lourdement ses coudes au dossier d'une autre chaise, la tête baissée. Au-dessus de sa tête, venu d'une petite fenêtre entre un mur et le plafond, s'allongeait un triangle de soleil, et un tourbillon de moucherons qui venaient de naître, pris d'un vertige solaire, y tournoyait. Vincenzo Vuotto était un homme solitaire qui, au moment où entra Francesco Esposito, eut à peine un léger sursaut, puis abaissa de nouveau sur sa poitrine son menton et son regard trouble.

Francesco Esposito fut pris d'un petit rire : « Alors, nous l'avons finalement installée, cette petite chaise », dit-il avec une allégresse étouffée (il faisait allusion, comme il est facile de le comprendre, à sa petite chaise en Paradis).

Vincenzo Vuotto ne cilla pas ; Francesco Esposito, les pommettes enflammées, s'assit en face de lui : « Regardez ça », dit-il avec un rire un peu honteux qui parut un souffle, et, tout en agitant la chaînette entre ses doigts, il fit danser en l'air la médaille d'argent de son parrain ; mais Vincenzo Vuotto n'y jeta qu'un coup d'œil, par convenance.

« J'en ai mangé, du sel, ce matin », continua Francesco Esposito, avec un frémissement satisfait, et il hocha la tête. Vincenzo Vuotto poussa un grognement incompréhensible.

« Maintenant, reprit Francesco Esposito avec un soupir, je peux aussi bien mourir. —

— Bah ! » dit Vincenzo.

L'autre lui jeta un coup d'œil, et il osa le mettre au

courant de ses doutes. « Qu'est-ce que vous en dites, demanda-t-il avec un clin d'œil, de toutes ces choses, du Paradis et de l'eau bénite ? Bien sûr, il faut être prêt à toute heure. Et d'abord, qu'est-ce qui nous dit que ce monde, qui dure et qui a duré longtemps, ne peut pas s'effondrer d'un moment à l'autre ? Et même les palais... je dis ça comme ça... même un palais ancien, qui est debout depuis deux, trois cents ans et plus, un jour ou l'autre, il commence à se lézarder, des bouts de plâtre dégringolent, et les plafonds, et les planchers... jusqu'au moment où tout se réduit à une ruine, bonne pour les serpents et les chauves-souris, et les hiboux qui y dorment pendant la journée. Et il y a bien déjà des signes que le monde, lui aussi, commence à se lézarder... Je dirais même plus : il y a bel et bien des signes. »

Il tirait des pensées de son esprit avec peine et effort comme un terrassier qui creuse avec une bêche et une pelle dans un terrain pierreux. Mais Vincenzo Vuotto ne fit aucun signe montrant qu'il appréciait ses raisonnements. Il ne fit qu'un geste de la main, on ne comprenait pas si c'était pour éloigner un moucheron ou pour approuver Francesco Esposito.

« Eh, l'homme ne peut dire ni aujourd'hui ni demain, poursuivit Francesco, il peut m'arriver de sortir ce soir de chez vous en pensant en moi-même « maintenant, je m'en vais à Pratile boire un verre de vin », et, d'ici à Pratile, je rencontre la mort, je tombe par terre et je suis fini. Eh bien ! l'homme, il naît sans rien savoir, et il arrive à la fin sans rien savoir. L'homme ne sait rien de son origine, et il ne sait rien de sa fin. Grâce à Dieu, nous voilà prêts. » Et ici,

Francesco se tut, en attendant la réponse. Vincenzo ne dit rien.

« Mais ce que j'en ai mangé, du sel, ce matin », répéta Francesco Esposito, d'une voix basse et mal assurée.

Ils restèrent en silence pendant de longues minutes. Le triangle de soleil disparut, et avec lui, le petit feu de Bengale affolé des moucherons. On entendit les cloches de l'Angélus.

Vincenzo Vuotto tourna un peu la tête de côté, lorgna Francesco d'un air fourbe et sournois, et il dit :

C'est l'Angélus qui sonne
Que ceux qui ne sont pas chez eux s'en aillent.
Je ne dis pas ça pour vous, compère,
Faites donc ce qui vous plaît.
Mais si vous n'étiez pas chez moi,
Et si moi j'étais chez vous,
A cette heure, je serais déjà parti.

Francesco Esposito se leva à contrecœur : « Eh oui, eh, comment donc », dit-il en s'arrêtant un moment, debout dans l'embrasure de la porte. Puis il se mit de nouveau à rire, et dit : « Bonne nuit. »

Vincenzo leva la main d'un geste paresseux.

Une fois sorti, Francesco Esposito reprit sans hésiter le chemin de chez lui. En fait, cette idée de s'en aller boire un verre de vin à Pratile, il l'avait énoncée simplement comme ça, pour mieux expliquer son raisonnement ; mais en réalité, le plaisir de boire un verre de vin lui était refusé depuis longtemps. Comme il avait le sang lourd, le vin désormais n'avait plus d'autre effet sur lui que de le fatiguer et d'augmenter le bourdonnement incessant, comme celui d'une cigale, qui résonnait sans discontinuer dans ses oreilles.

Il reprit donc le chemin du retour, avec le désir de se retirer chez lui et de dormir. Il savait pourtant que cette somnolence du crépuscule était trompeuse, même si maintenant elle l'engageait à dormir. Son sommeil durerait deux ou trois heures à peine, et puis, comme d'habitude, c'était la sombre veille nocturne qui l'attendait, comme une longue époque confuse. Jusqu'au moment où comme d'habitude il serait surpris par les premiers bruits de l'aube, les yeux ouverts.

Avant que Francesco Esposito ne fût arrivé chez lui, la nuit était déjà tombée. A ce ronronnement intérieur qui l'accompagnait toujours, s'ajoutait maintenant l'écho des rochers, qui répétait chacun de ses pas. Et il avait l'impression qu'un étranger muet et obscur, juché sur de très hautes échasses, marchait derrière ses pas, à une infime distance derrière lui.

Le cousin Venanzio

Le cousin Venanzio avait sur la tempe droite une petite marque blanche, en forme de virgule, que la tante Nerina, sa mère, affirmait être « une envie de lune ». Elle racontait en effet qu'au temps où elle attendait le cousin Venanzio, elle avait, un soir, regardé la nouvelle lune, et qu'elle avait contemplé avec tant de passion ce grain doré de lumière jeté dans le ciel qu'il avait germé en elle, reparaissant sous une forme réduite et éteinte sur la tempe du cousin Venanzio.

Avec cette marque de lune sur la tête, le cousin Venanzio était minuscule, et si maigre que ses omoplates saillaient comme deux petites ailes tronquées ; et tout son corps, sous la peau mince et fragile comme une peau d'oignon, laissait voir ses articulations menues, ses petits os tremblants. Il avait des boucles noires, mais toujours si poussiéreuses qu'elles paraissaient grises, et des yeux noirs, grands ouverts, remplis de mélancolie ; et ses mouvements étaient toujours nerveux et hâtifs comme ceux d'un petit lièvre en fuite sous la lune. Le cousin Venanzio ne pleurait jamais ; au lieu de pleurer, il avalait, et aussitôt l'on pouvait voir cette amère gorgée de larmes lui gonfler le cou, comme un nœud, et monter et descendre. Et le cousin Venanzio faisait un petit sourire, mettant en lumière entre ses lèvres minces de petites dents espacées et ombrées. Mais, à cause de ses efforts pour avaler ce nœud, il devenait tout pâle.

La tante Nerina, mère du cousin Venanzio, avait toujours beaucoup à faire le matin, avant d'aller au bureau des téléphones où elle était employée ; et ceci à cause de ses boucles. Le soir, elle divisait ses cheveux en une quantité de mèches bouclées en les enveloppant dans de petits paquets de papier journal ; et, le matin, elle devait les débobiner. Cette opération sur ses boucles était le soin principal qu'elle consacrât à sa personne ; pour le reste, en effet, elle était fagotée, et ses vêtements tenaient à grand renfort d'épingles. Ses très hauts talons de bois étaient toujours tordus, et elle se vantait de n'employer jamais de poudre, car elle avait sur ses pommettes le don d'une couleur naturelle vaguement écarlate. Elle était toujours agitée à tel point que ses rires paraissaient des sanglots, et sa voix qui appelait : « Venanzio ! Venanzio ! » sur un ton sonore et tremblant, nous causait un étrange malaise.

Tous les frères de Venanzio s'occupaient de quelque chose : l'aîné écrivait des romans feuilletons, le second jouait au football et il était doté de muscles vigoureux ; le troisième allait à l'école, et il passait toujours de justesse, disait la tante Nerina. Mais le quatrième, Venanzio, ne faisait rien : à quoi bon l'envoyer à l'école ? Il restait en silence sur son banc, c'est vrai, mais il n'écoutait pas du tout ce que disait le maître. Si celui-ci, à l'improviste, lui criait d'une voix de Jugement dernier : « Qu'est-ce que je viens de dire ?

Rossini, répétez ! », Venanzio ouvrait la bouche en un sourire confus et interrogateur, et ses oreilles un peu décollées tremblaient d'une façon bien curieuse. Il ne ressemblait jamais tant à un petit lièvre qu'à ces moments-là. Il était évident qu'il avait honte d'être un garçon qui oubliait tout. Les idées se détachaient de son esprit comme les gouttes de rosée d'un arbre : elles restaient un moment en l'air, brillaient vaguement, et tombaient.

Il savait une seule chose par cœur, et c'était la chanson suivante, faite de deux seuls vers, qu'il avait inventée lui-même :

Emidio le matelot
qui s'en va, s'en va, s'en va.

Et il chantait sans cesse, avec une petite voix fausse.

En outre, il connaissait les superlatifs, qu'il employait avec une extrême satisfaction. Quand la tante Nerina, de retour du bureau des téléphones, lui disait : « Mon amour, as-tu été bon et gentil aujourd'hui ? », il garantissait : « Le meilleur. Le contraire de : le pire », — ajoutait-il après être resté un moment pensif. Et enfin : « le plus excellent », concluait-il en clignant les yeux de fatigue.

Chaque matin, avant de s'en aller au bureau des téléphones, la tante Nerina prenait le battoir à tapis et battait le cousin Venanzio. En fait, expliquait-elle, le cousin Venanzio en faisait tant pendant la journée, et il en faisait tant tous les jours, qu'on était sûr de ne pas se tromper en le battant tous les matins au réveil. Ainsi, pour le reste de la journée, on n'y pensait plus. Donc, la tante Nerina prenait son battoir et s'approchait du lit du cousin Venanzio ; et le cousin Venanzio faisait son sourire et avalait : « Venanzio, disait alors la tante Nerina, remonte ta chemise de nuit, parce que je vais te battre. » Et puis elle s'en allait au bureau des téléphones, après avoir débobiné ses boucles, cela va de soi.

Et son père s'en allait en tournée chercher des assurances contre les incendies, et son grand frère à l'imprimerie, et le second à l'entraînement, et le troisième à l'école : seul le cousin Venanzio restait à la maison. Il faisait le tour de la maison, montait et descendait les escaliers en courant, se penchait aux fenêtres en chantant la chanson d'Emidio ; et il faisait des centaines de catastrophes. Si, sur une demi-douzaine de verres, il lui arrivait d'en toucher un, c'était précisément ce seul verre qui tombait. Et les voleurs de poules, sachant que le cousin Venanzio était resté seul à la maison, se donnaient rendez-vous chez lui, et volaient les poules sous son nez. Il n'avait qu'une tâche, et c'était d'allumer le gaz à midi et de mettre à chauffer l'eau pour les pâtes, mais la chose réussissait fort rarement, parce que, par exemple, le cousin Venanzio mettait la marmite avec de l'eau sans allumer le gaz, ou bien il allumait le gaz et mettait dessus une marmite vide.

Il portait une chemise sans boutons, et une paire de pantalons qui étaient parvenus à lui après avoir appartenu successivement à ses frères aînés, et le tout était maintenu par des épingles de nourrice. Ses pieds étaient nus, et, à force de marcher nu-pieds, ses orteils étaient devenus plats et écartés, comme les pattes d'un petit canard.

Mais cela ne suffit pas : le cousin Venanzio était

somnambule ; pour cette raison, ses frères, après lui avoir donné force coups de pied, se refusaient à dormir dans la même chambre que lui ; et il dormait donc sur un petit lit pliant dans le couloir. Il se levait de là au milieu de la nuit, et marchait en dormant. Il lui arrivait de se réveiller à l'improviste, comme au fond d'une vallée, dans des coins très écartés que l'obscurité lui rendaient inquiétants et étranges, et, suant de peur, il s'en allait à tâtons à la recherche de son lit. Puis il lui arrivait de faire dans son sommeil des choses bizarres, qu'il avait oubliées le matin. Et c'est ici que l'histoire des petits drapeaux vient à propos.

Un jour, la tante Nerina s'était acheté une belle robe de crêpe, tout imprimée de petits drapeaux sur fond noir. Il s'agissait de petits drapeaux grands comme des timbres-poste, et cependant magnifiques. Il y en avait de tous les pays, avec des dessins de petites étoiles, ou des lis rouges sur fond blanc, ou des croix blanches sur champ rouge. Pour le plaisir que lui donnait la vue de ces petits drapeaux, le cousin Venanzio se mit à sauter autour de la robe en riant à gorge déployée. Et la tante Nerina lui dit : « Mon chéri, il ne te viendra pas en tête de les découper, n'est-ce pas ? »

Eh bien, le cousin Venanzio, cette nuit-là, vit, comme il le raconta, une ronde de drapeaux qui flottaient par milliers dans son sommeil. Il essaya de les chasser en croyant que c'étaient des moustiques, mais ils revenaient toujours. Et, toujours endormi, il se leva et alla dans le salon où se trouvait la robe neuve, bien installée sur le beau divan ; il alluma la lumière, et, accroupi dans un coin du salon, il commença à découper soigneusement les petits drapeaux avec une paire de grands ciseaux. La tante Nerina raconte qu'à ce moment, elle eut un avertissement du ciel, et que s'étant éveillée en sursaut, elle courut dans le salon. Mais le cousin Venanzio avait déjà découpé tout le devant de la robe où, à la place des petits drapeaux, il y avait maintenant des quantités de petits trous carrés.

Le cousin Venanzio n'avait pas encore huit ans quand il mourut. Les gens disaient que ses cils excessivement retroussés, ses oreilles décollées et ses ongles ovales qui semblaient se détacher de ses doigts, tout cela faisait comprendre depuis longtemps qu'il allait mourir. Il n'avait pas encore huit ans quand il fut pris d'un fort mal de tête, et, après avoir passé quelques jours endormi avec une vessie de glace sur le front, il poussa un grand soupir et s'éteignit. Par les fenêtres grandes ouvertes, on vit la tante Nerina monter et descendre les escaliers en courant, et en criant : « Mon petit garçon ! Venanzio ! Au secours ! Au secours ! » ; elle était toute décoiffée, sans boucles ni papillotes, de sorte que ses cheveux, comme le dit notre femme de chambre Valchiria, semblaient quatre poutres mises en croix. Et le cousin Venanzio, avec ses pattes de petit canard et ses boucles poussiéreuses, mais habillé de la tête aux pieds, cette fois-ci, avec un très élégant costume bleu foncé, fut mis en bière et porté sur le corbillard.

Adieu, Venanzio. Tous les cousins, vêtus de blanc, prenaient part à l'enterrement, mais ils ne pleuraient pas, plutôt étonnés et quelque peu jaloux de ce grand luxe de rubans d'or, avec les chevaux et le cocher en l'honneur du seul Venanzio. Seule, une cousine, qui suivait avec les autres, vêtue, faute d'une vraie robe blanche, de son tablier blanc de classe brodé Onzième B, seule celle-ci pleurait. Le fait est qu'une fois, le cousin Venanzio, pour l'amour d'un ruban qu'elle portait dans ses cheveux, l'avait demandée en mariage. Faute d'autres prétendants, elle s'était promise à lui ; et maintenant, elle était désespérée, à l'idée de rester vieille fille.

Un homme sans caractère

Je venais d'achever ma première année d'Université, et je me rendis comme d'habitude pour passer les vacances dans mon village de F., chez mes parents. A cette époque, j'étais un jeune homme délicat et timide. Ces qualités, en plus de mes cheveux blonds et de l'éclat de mon sourire, m'avaient valu parmi mes camarades le surnom de « Poète ». A cause de mon allure, d'autres me comparaient à un chevalier des temps anciens. Il est dommage que je n'aie pas eu le génie du poète, ni le courage du chevalier.

Mon tour s'était fait attendre aux examens, et, arrivé à F. avec un certain retard sur les autres villégiateurs, je découvris que les garçons de mon âge avaient cette année un nouveau divertissement. Il faut reconnaître que les distractions étaient rares à F. Les jeunes filles, conformément aux usages anciens, étaient réservées et cancanières; et il n'y avait pas de théâtre. Il ne restait pas d'autres ressources que de monter quelques plaisanteries, ou de jouer aux cartes.

Cette année-là pourtant, apparut dans le bourg une nouvelle villégiatrice, la signorina Candida V., qui logeait chez une tante restée vieille fille. La signorina, du reste, était, elle aussi, presque une vieille fille, car elle avait dépassé la trentaine de quelques années. Elle prétendait avoir vingt-six ans, et elle était encore assez fraîche ; petite et boulotte, elle s'avançait sur ses jambes courtes en remuant les hanches avec dignité. Elle avait une grande chevelure noire, un visage rond avec des yeux brillants, de longs cils, des dents blanches et menues. L'histoire de cette demoiselle est vite racontée.

Elle avait usé sa jeunesse, seule avec son père veuf, dans une ville de province du Sud. Prisonnière de ce vieillard austère et jaloux, sa vie avait été celle de ce qu'on appelle « les religieuses à domicile » ; à cause de la terreur de la colère paternelle, elle avait mortifié sa nature exubérante. Elle était curieuse, gourmande et lâche, mais son innocence pleine de bonté s'était conservée intacte.

Lorsque son père mourut, lui laissant une très modeste rente, la jeune fille qui était restée seule, s'en alla passer la période de deuil dans la capitale, chez certaines joyeuses cousines. Son deuil, son étonnement et sa gaucherie l'empêchaient de prendre part à leur vie, sur laquelle elle ouvrait pourtant de grands yeux avides. Ces heureuses filles ne vivaient que pour leur plaisir, ne s'occupaient que de frivolités et le sujet le plus passionné de leurs bavardages était l'amour.

A la fin de la période de deuil, les cousines apprirent à Candida l'art de se maquiller le visage et la conseillèrent dans l'achat de robes claires, bien qu'entre elles, elles se moquassent de Candida. Une jeune fille qui s'est toujours habillée en gris, qui n'a jamais mis de poudre, et qui pour la première fois se voit dans une glace sous la forme d'une personne bouclée, vermeille, vêtue de bleu, ne peut pas ne pas se voir belle. La signorina Candida se jugea très belle ; et, comme elle était de nature un peu sotte, elle ne mit pas de frein à sa nouvelle allégresse.

Ce fut précisément à cette époque qu'elle vint en villégiature à F. ; si, dans la grande ville, sa timidité de provinciale l'avait gênée, ici, après son séjour dans la métropole, Candida se sentait pour ainsi dire citadine parmi des provinciaux. Voici donc qu'elle descendit parmi nous, entourée d'un nuage de bonheur et de sûreté. Elle s'habillait avec des jupes courtes pleines de volants, aux couleurs voyantes ; elle portait, collées sur le front, des boucles en accroche-cœur ; elle barbouillait de poudre et de carmin son visage, et même son nez et le lobe de ses oreilles ; et elle passait, la tête haute, un éclair de triomphe dans le regard.

Le fait est que sa jeunesse réprimée mûrissait tout d'un coup, impétueuse et hors de saison ; et Candida, possédée par cette folie, vivait au milieu de songes de passions et de noces. Persuadée qu'elle était la plus belle, elle ne tarda pas à se figurer qu'elle était irrésistible : tous ces gracieux jeunes gens l'aimaient, c'est ce que lui répétait son cœur ingénu et béat. Ils ne l'aimaient pas comme on aime les jeunes filles qu'on demande en mariage ; ils l'aimaient comme les femmes célébrées dans les romans et comme les dames dont, dans les temps anciens, les chevaliers gravaient le nom sur leur bouclier. Et s'ils se taisaient avec elle, c'était par amour, et s'ils la fuyaient, c'était par excès d'amour.

Dans ce monde amoureux qu'elle s'était fait, elle folâtrait, et on la voyait sautiller, on l'entendait gazouiller. Sûre de leur jalousie, elle se confiait aux femmes : « Celui-ci m'aime, celui-là me fait la cour », et elles feignaient la stupeur, puis se mettaient à rire derrière son dos. Sa seule confidente fidèle et crédule était sa tante, qui, le soir, aimait l'écouter et se réjouir de ces rêves.

Pour les garçons de mon âge, la sortie quotidienne de Candida fut bientôt un spectacle. D'abord, quand ils la voyaient arriver, provocante, en vêtements de fête, ils faisaient cercle autour d'elle parmi les rires et les plaisanteries qu'elle prenait pour des madrigaux ; et, à la fin, pour mieux s'amuser, ils décidèrent d'entrer dans son jeu. Tantôt l'un, tantôt l'autre, à l'écart dans quelque sentier de campagne, ils lui parlaient d'amour, juste comme elle le voulait, avec une emphase romanesque ; et puis ils se racontaient au milieu des plaisanteries les soupirs et les battements de cils, et la chaste réserve avec laquelle elle répondait à chaque déclaration d'amour. Au milieu de tant d'hommages, Candida semblait refleurir, devenant chaque jour plus grasse et plus orgueilleuse. Bientôt, tous lui eurent fait une déclaration d'amour, sauf moi. Bien que je n'osasse pas l'avouer, je ne partageais pas l'amusement des autres ; en réalité, ces paroles exaltées qu'ils employaient pour éblouir Candida, je les vénérais trop dans mon cœur pour en faire l'objet d'un jeu. Je les réservais, comme une offrande sacrée, pour une jeune fille que je n'avais pas encore rencontrée, mais que dans mon rêve, j'imaginais très belle et simple. En outre, bien plus que ridicule, Candida me paraissait un objet de pitié. Quand je la voyais passer parmi nous, si fière, dans ses petites robes de fortune, je ne sais quelle gêne me faisait frissonner. Et je ne pouvais rester à côté d'elle sans malaise.

Elle s'étonnait de tant d'indifférence de ma part, et s'en fâchait. Mon allure romantique, dont j'ai parlé plus haut, était sans doute la plus conforme à son idéal. Souvent, elle me regardait d'un air interrogateur, riant, comme pour m'inviter. Et mes camarades me poussaient aux épaules en m'encourageant : « Allons, Poète ! avance-toi ! Ne fais pas le timide ! Dévoile tes sentiments à la signorina ! »

Candida ne tarda pas à croire que ces sentiments existaient vraiment, et que, seule, la timidité m'empêchait de les exprimer. Depuis ce jour, quand elle rencontrait notre groupe, c'était moi qu'elle regardait entre tous, avec un regard chargé d'entente et de complaisance féminine, qui me faisait froid dans le dos. Pris entre l'irritation, la honte et une pitié fâcheuse, je rougissais, et cela redoublait l'ironie de mes jeunes amis.

C'est alors que mûrit en moi la décision que vous verrez : par qui me fut-elle dictée ? Ce furent, à en croire ma conscience, l'honneur, la vérité, la compassion et d'autres dignes choses de ce genre. Mais parfois notre propre conscience elle-même nous ment.

Donc, un beau jour, comme je me promenais seul, je rencontrai Candida. Elle me jeta une œillade étincelante, et poursuivait son chemin en remuant ses jupes ; mais, tremblant et le visage écarlate, je la suivis en l'appelant : « Mademoiselle ! Mademoiselle ! »

Elle se retourna avec un air de reine ; je lui dis en balbutiant que je devais lui parler : « Et pourquoi pas ? » dit-elle avec coquetterie : mon trouble, ma bouche tremblante lui promettaient Dieu sait quelles douceurs. Sa stupide exaltation, dont j'eus le sentiment précis et aigu, me donna une espèce d'égarement, et je fus tenté de m'enfuir. Mais désormais j'étais embarqué, et je me donnai du courage. Alors, comme cela peut arriver aux timides, je fus soudain le maître d'une audace lucide dont je jouissais rarement.

Nous poursuivîmes notre chemin par une petite rue du bourg vers la place, sur laquelle s'ouvrait ce qu'on appelait le « Cercle », salle de réunion villageoise où l'on écoutait la radio et où l'on jouait aux cartes. Je savais que mes camarades se trouvaient au « Cercle » à cette heure, je les y avais moi-même quittés peu avant. Je m'arrêtai donc dans cette ruelle, et, d'un air protecteur bien que non sans un léger dégoût, je posai la main sur le bras nu et rouge de Candida.

Elle se mit à rire et se recula : « Non, je vous en prie, Mademoiselle, lui dis-je, ne donnez pas à ce geste la signification que vous suggère votre illusion. Oui, parce que vous vous faites des illusions, et moi, qui suis un vrai ami pour vous, je veux vous arracher le voile des yeux. Mademoiselle, je sais que mes compagnons, dans leur légèreté, vous ont parlé d'amour et de choses semblables. Vous, qui n'êtes pourtant plus une enfant, vous y avez cru. Or, sachez-le, aucun d'eux ne vous aime. Allons, Mademoiselle, il est temps de se connaître et de connaître la vie. A une femme de votre classe et de votre âge, la vie offre d'autres choses. Vous pouvez lire de beaux livres, vous consacrer aux bonnes œuvres et aux travaux d'aiguille. Sachez donc que mes camarades jouent la comédie avec vous, qu'ils s'amusent derrière votre dos, et, qu'en somme, vous êtes leur risée et la distraction la plus bouffonne de ce sale pays. Vous en voulez la preuve ? » Elle me regardait interdite, et souriait en clignant des yeux incrédules. « Restez ici, derrière le rideau du Cercle, lui conseillai-je, et regardez, et écoutez. Je vais obliger mes camarades à parler de vous, et vous pourrez voir vous-même quel cas ils font de vous. »

Ainsi, ayant laissé Candida derrière le rideau, j'entrai dans la misérable salle. J'étais pâle, mes yeux brûlaient, j'éprouvais une exaltation et une audace qui ne m'étaient pas naturelles. Mais je n'eus pas besoin de provoquer ces jeunes gens à parler de Candida ; sans soupçonner qu'elle était encore à côté et qu'elle les entendait, ils m'accueillirent avec des rires et des cris : « Où as-tu laissé ta belle ? me crièrent-ils, nous vous avons vus par la fenêtre tout à l'heure, toi, rouge comme la crête d'un coq, et elle qui se pavanait !

— Je lui ai fait ma déclaration », m'écriai-je avec un feint cynisme. Mes paroles éveillèrent chez mes camarades la joie la plus folle : « Qu'est-ce que tu lui as dit, Poète ? Comment a-t-elle répondu ? demandait l'un. L'as-tu chauffée à point ? » s'informait l'autre. Un troisième allait jusqu'à imiter Candida avec des cris et des gestes de canard plutôt que de fille. Et tous autour l'imitèrent, en enrichissant leur comédie de rires vulgaires, avec des phrases brutales et peu honnêtes que je ne veux pas répéter ici.

Quand je crus que la preuve était désormais suffisante, même pour l'âme simple de Candida, je me glissai dans le couloir et je retrouvai la jeune fille derrière le rideau. Je n'oublierai pas, je crois, le nouvel aspect avec lequel elle m'apparut. Elle pleurait, et je jugeai aussitôt ces pleurs stupides et manquant de dignité ; mais les sursauts qui secouaient son corps étaient plutôt semblables aux frissons de la fièvre qu'aux sanglots de la douleur. Elle me regarda comme si elle ne me voyait pas ; et ses yeux étaient pleins d'une horreur profonde, comme ceux d'un enfant qui a rencontré un fantôme.

Cette vue, je ne sais pourquoi, m'inspira de l'antipathie et de l'aigreur. En raccompagnant la jeune fille sur le chemin du retour, j'évitais de regarder son visage gras, sali de bistre et de larmes, et sur lequel étaient apparues tout d'un coup les rides de la vieillesse. Mais, tout en marchant les yeux baissés et en détournant la tête, je m'acharnai avec haine contre Candida pendant tout le chemin. Je lui révélai combien ses manières manquaient de dignité, combien ses vêtements étaient ridicules, son maquillage impudent, et à quel point sa vie était vaine. Avec une honnêteté hypocrite, je lui conseillai de nouveau les occupations modestes qui conviennent aux filles mûrissantes. Elle ne répondait pas, mais secouait la tête en se mordant les lèvres, avec la moue que font les enfants quand ils pleurent. A la fin, elle balbutia piteusement : « Ah, finissez, finissez ! », et, avec un dernier soupir, elle me quitta en courant vers sa maison. Je retournai moi aussi chez moi ; et je me sentais la bouche amère, les os brisés comme quelqu'un qui a dû souffrir une fatigue physique.

L'automne s'approchait ; et vint le jour de mon retour en ville sans que j'eusse revu Candida. Peut-être que, de honte, elle n'osait plus sortir de chez elle. Pour moi, peu de temps après, dans la vilaine chambre meublée qui, en ville, constituait tout mon domaine, dans la solitude à laquelle me contraignait mon caractère sauvage, je repensai souvent à cette dernière scène entre Candida et moi, jusqu'au moment où ce visage, que j'avais évité de regarder, m'apparut comme le masque du remords et de la pitié. « Elle était heureuse, me répétais-je, pourquoi l'avoir détrompée ? » et je me rappelai ma douleur quand, dans mon enfance, un camarade plus éveillé m'avait appris que le Père Noël n'existait pas. D'autres souvenirs de mon adolescence mortifiée, de mes songes et de mes ambitions déçues se mêlaient à mon remords, à un point tel que, parfois, j'en pleurais. Dans la triste exaltation de ces heures solitaires, j'en vins à rêver que, pour remédier au mal que j'avais fait, je courais chez Candida, que je lui demandais pardon et que je l'épousais. Au milieu de cette incertitude et de cette angoisse, je m'agitais sur mon lit, parmi les ombres pluvieuses de l'automne. Et le désordre de mon cœur atteignit à son comble quand je reçus la nouvelle que Candida, qui avait contracté la fièvre typhoïde peu après mon départ, était morte et avait été enterrée dans le petit cimetière de mon pays. Ce fut ma mère qui, dans une de ses lettres, au milieu des nouvelles et des menus bavardages de F., m'annonça cette mort, sans savoir qu'elle me jetterait dans une douleur étrange et confuse. J'étais, en réalité, maladivement romantique ; et bientôt je fus persuadé que c'était moi qui avais tué Candida : « Seule, l'illusion, me répétais-je, la faisait vivre. En tuant cette illusion, je l'ai tuée elle-même. » Entre ces reproches et ces remords, Noël arriva ; d'habitude, je passais les fêtes de Noël au bourg, au milieu de mes parents.

Je me trouvais donc au bourg, et c'était l'avant-veille de la sainte fête. C'était un mois de décembre pas très froid, mais orageux. Des pluies violentes mêlées à un vent presque tiède rendaient plus sombre l'ennui de ces après-midi. Je me trouvais précisément sur la place du Cercle, là où j'avais dit à Candida : « Vous pourrez voir vous-même, Mademoiselle... » ; c'est là que, plus poignant que jamais, me saisit le regret des actes de générosité manqués, des charités manquées, en même temps que le désir aigu de porter remède de quelque façon au mal que j'avais fait.

Il restait, dans mon âme (âme vraiment lâche et capricieuse) un fond de religion superstitieuse, dernier fruit des enseignements maternels, des histoires pieuses racontées par ma nourrice, de mes prières d'enfant. Ce fut précisément un moment d'ardeur mystique qui me conseilla d'aller apporter un dernier hommage à Candida pour apaiser son ombre pathétique et mériter son pardon. Et, après avoir cueilli dans le jardin derrière la maison quelques pâles chrysanthèmes et des feuillages, maigre floraison de la saison, j'en fis un bouquet et je me dirigeai vers le cimetière, pour les offrir à la tombe de Candida.

Je marchais dans la brume pluvieuse avec des battements de cœur, dans une sorte de ferveur galante, à la manière d'un page amoureux qui apporte en cachette un présent à sa dame. Et après avoir parcouru le chemin campagnard entre deux petits murs de pierres, je distinguais déjà entre les gouttes de pluie la grille sur laquelle une inscription avertit : *Pulvis et umbra sumus — Siste, viator* lorsque je rencontrai un élégant jeune homme, l'un des joyeux camarades de naguère. Celui-ci, plissant sa bouche en un rire dédaigneux, me cria : « Eh, Poète, que fais-tu avec ce bouquet ?

— Comment, balbutiai-je, tu veux parler de ces fleurs ? »

Et, me sentant plus que jamais infantile et ridicule,

je rougis de honte. Il me semblait que je devais une explication quelconque à mon camarade, et je racontai à la hâte que j'avais reçu ces chrysanthèmes d'une petite paysanne, d'une petite mendiante à qui je venais de donner l'aumône : « Elle a voulu à tout prix me faire accepter cette chose, ajoutai-je avec une grande désinvolture et un rire feint, je ne sais vraiment pas qu'en faire. » Et ceci dit, je jetai rageusement les fleurs sur le bord du chemin où, plus tard, les chèvres les broutèrent.

Puis, riant servilement de je ne sais quelle plaisanterie que m'avait dite mon camarade, je repris le chemin du retour, sous mon grand parapluie, en même temps que lui.

Le soldat sicilien

Au temps où les armées alliées, bloquées par l'hiver, s'étaient arrêtées au-delà du Garigliano, je vivais réfugiée en haut d'une montagne en deçà de ce fleuve. Un jour, pour la sauvegarde de personnes que j'aimais, je fus obligée de faire un bref voyage à Rome. C'était un voyage plein d'amertume, parce que Rome, la ville où je suis née et où j'ai toujours vécu, était pour moi à cette époque une cité ennemie.

Le train partait le matin de bonne heure. Je descendis de la montagne la veille dans l'après-midi, pour me trouver dans la plaine avant le soir ; je devais passer la nuit dans la plaine et me rendre à l'aube à la gare la plus proche.

Je trouvai un abri pour la nuit dans la famille d'un charretier nommé Giuseppe. L'habitation de Giuseppe se composait de trois cabanes : l'une abritait l'âne et la charrette, Giuseppe dormait dans l'autre avec sa femme Marietta et leurs trois filles, et dans la troisième, on faisait la cuisine sur un feu de bois allumé à même le sol.

L'on décida que les deux grandes filles me laisseraient leur lit et qu'elles dormiraient dans le grand lit, avec leur mère et le bébé. Quant à Giuseppe, il accepta volontiers de dormir dans la cuisine, sur un tas de paille. C'étaient là des nuits pleines de dangers et d'effroi. Plus de mille Allemands, destinés au front, campaient dans les environs. De bruyants convois parcouraient sans fin les routes voisines ; on voyait les lumières des tentes s'allumer dans la plaine, et l'on entendait des cris et des appels de voix étrangères.

Après avoir fermé la porte de la cabane, Marietta, ses filles et moi, nous nous préparâmes à nous coucher. « Pourquoi ne te déshabilles-tu pas, me demanda la mère en dénouant les pointes de son fichu, de toute façon, nous sommes toutes des femmes, et puis je t'ai changé les draps. » Mais moi, qui n'étais pas habituée à dormir parmi des étrangers, je m'étendis tout habillée sur la couverture.

Les deux grandes, contentes de dormir dans le grand lit, continuèrent à rire et à jouer avec le bébé emmailloté même lorsque la lumière fut éteinte. Mais leur mère les pria de se taire ; peu après, en écoutant leur respiration, je compris qu'elles dormaient.

Je me préparai à une nuit d'insomnie. Je me représentais la foule de mes compagnons de chemin de fer, les arrêts au milieu des campagnes vides et le massacre ; je pensais à ce que j'aurais répondu si une voix inconnue m'avait donné l'ordre de montrer mes papiers et mes bagages. Et puis je me demandais si je pourrais jamais arriver à Rome ; car les chemins de fer étaient bombardés tous les jours.

Mais à ce moment, j'entendis sur les chaumes du toit un battement dru et sonore ; il avait commencé à pleuvoir, et, avec le mauvais temps qui rendait les bombardements difficiles, le voyage s'annonçait plus tranquille.

Au cœur de la nuit, le nourrisson se mit à pleurer. Il se fit un peu de mouvement dans le grand lit, et un murmure : c'était Marietta qui nourrissait son enfant, et lui parlait à voix très basse. Puis ce fut de nouveau le silence ; le fracas des convois, de même que les cris, les appels des patrouilles, s'étaient interrompus depuis un bon moment.

Je pensais combien j'aimerais traverser le Garigliano, et arriver jusqu'à la Sicile, belle et désirée en cette saison. Je ne suis jamais allée là-bas, où se trouve le village de mon père, et où, maintenant, j'aurais pu vivre librement.

Ce fut alors que la porte de planches fut repoussée de l'extérieur, laissant entrer par l'ouverture un rai de lumière blanche. Je me dressai sur le lit, craignant une visite des Allemands, mais je vis s'avancer la haute silhouette déguenillée d'un soldat de notre armée. Bien que déteint par les intempéries et couvert de boue, son uniforme était encore reconnaissable. « Un soldat ! m'écriai-je, n'entre pas, il n'y a que des femmes ici. » Mais il répondit qu'il voulait seulement s'abriter un peu, et il s'avança dans la cabane. C'était un homme fait, avec d'épais sourcils, et une barbe noire et frisée ; des cheveux frisés et sauvages, déjà blancs en partie, sortaient de son calot, et, à travers les déchirures de son uniforme, on voyait ses genoux vigoureux. Il portait une lampe comme celles dont se servent les mineurs pour descendre dans les galeries.

Je lui fis remarquer qu'il allait réveiller tout le monde avec sa lumière aveuglante ; mais il répondit que mes amies étaient trop profondément plongées dans le sommeil pour s'apercevoir de sa présence. Et, après avoir déposé la lampe à terre, il s'assit sur une caisse, près de la porte. Il paraissait fiévreux. « Si tu veux te reposer, lui répondis-je, demande à Giuseppe de te faire dormir dans l'autre cabane. » Mais le soldat dit que non, et que, pour des raisons qui lui étaient propres il avait décidé de se mettre à vagabonder, sans se reposer ni dormir. « Et toi, pourquoi ne te couches-tu pas ? » ajouta-t-il. Je lui dis ma crainte que le lit ne fût pas propre. « Eh ! qu'est-ce que ça peut faire, répondit-il, regarde mon manteau, il est plein de poux. »

Il m'expliqua ensuite qu'il avait fait la guerre dans l'armée, et qu'il combattait maintenant dans le maquis, contre les Allemands ; et que, plus tard, il se joindrait aux Anglais pour continuer la guerre. De cette façon, guerroyant sans cesse, continua-t-il, il espérait atteindre un but qu'il s'était fixé.

Dans sa voix intense, un peu chantante, j'avais aussitôt reconnu l'accent de la Sicile. « Tu es Sicilien ? » lui demandai-je. « Oui, répondit-il, je suis de Santa Margherita. » « Juste au moment où tu arrivais, remarquai-je, je pensais que j'aurais voulu m'en aller en Sicile. » « Moi, au contraire, dit le soldat, en Sicile, je n'y retournerai jamais de ma vie. »

Je lui en demandai la raison, et, en dialecte sicilien, il me fit le récit suivant :

— « Je m'appelle Gabriele. A Santa Margherita, je travaillais dans une mine, et j'avais une femme et une fille. Deux ans après notre mariage, ma femme tourna mal, et elle s'enfuit de la maison pour faire la vie, en me laissant seul avec la petite fille, qui ne marchait pas encore. L'enfant s'appelait Assunta ; quand je sortais pour aller à la mine, je la laissais dans son lit, et elle ne criait pas, parce qu'elle était assez tranquille. Je lui avais attaché au bois du lit avec une ficelle, un anneau de cuivre, reste d'une vieille lanterne, qui la faisait rire en se balançant ; elle n'avait pas d'autres jeux. Nous habitions une maison isolée, au milieu d'une plaine aride, non loin des mines ; à une certaine heure, un marchand ambulant que je connaissais, entrait un moment en passant par là, et, après avoir levé l'enfant, il l'habillait et l'asseyait par terre. A mon retour, le soir, je faisais cuire le potage, et Assunta mangeait avec moi, assise sur mes genoux ; mais certaines fois je m'endormais avant même d'avoir fini mon assiette. Il m'arrivait de me réveiller, au besoin une heure plus tard, et de voir qu'Assunta dormait sur moi, ou bien qu'elle restait là immobile, en me regardant de ses yeux curieux et grands ouverts. Mais un jour, pendant qu'elle était seule à la maison, elle tomba du lit et se brisa l'articulation du poignet. Mon ami, arrivé plus tard dans la matinée, la trouva là où elle était tombée, étendue par terre, et presque suffoquant de douleur. Depuis ce jour-là, elle garda toujours une main un peu estropiée ; c'est pourquoi elle ne put jamais faire de travaux pénibles. Mais elle devint une belle fille, une vraie Sicilienne, un peu maigre, mais avec le teint clair, des yeux noirs comme du charbon, et une longue chevelure, noire et frisée, qu'elle se nouait sur la nuque avec un ruban rouge. A cette époque, le marchand ambulant s'établit dans un autre bourg, et nous, dans ce désert, nous restâmes sans amis. Il advint ensuite que l'on ferma la mine où je travaillais, et je me retrouvai en chômage. Je passais mes journées au soleil, sans rien faire, et l'oisiveté me rendait féroce ; n'ayant pas d'autre compagnon qu'Assunta, je passais ma colère sur elle, je l'insultais, je la frappais et (bien qu'il n'ait pas existé d'enfant plus innocente) je lui criais souvent : « Qu'est-ce que tu fais ici ? Va-t'en sur le trottoir, comme ta mère ! » Ainsi, peu à peu, Assunta se mit à me haïr ; elle ne parlait pas, car habituée à la solitude, elle était devenue taciturne en grandissant, mais elle me regardait avec des yeux noirs, qui jetaient des flammes, comme si elle était la fille du démon. Bref, je ne trouvais pas de travail ; et comme le brigadier de gendarmerie de Santa Margherita avait proposé de me prendre Assunta comme domestique, nous acceptâmes. Assunta avait désormais quinze ans, et son travail n'était pas pénible car le brigadier vivait seul avec un fils encore adolescent. Assunta avait une petite chambre pour dormir, auprès de la cuisine, on lui donnait sa nourriture, et en plus un salaire, que son maître me remettait. Il était d'un caractère brusque, mais débonnaire, et du reste, il passait presque toute sa journée à la caserne. Assunta travaillait le plus souvent dans la cuisine, qui se trouvait sous l'escalier. Mais voici que le fils du brigadier, un garçon noir, sauvage, à peine plus âgé qu'elle, se mit à l'importuner. Assunta le chassait, mais, pour lui faire peur, il sautait comme un fantôme par la fenêtre du soupirail, et, en la regardant avec ses yeux brillants, il lui saisissait les cheveux, la prenait dans ses bras, et essayait de l'embrasser. Lui aussi était presque un enfant, et il n'avait jamais touché une femme ; et c'est pourquoi les rebuffades l'irritaient, et il essayait de l'emporter par la violence. Assunta se libérait en se débattant, elle criait et pleurait, mais elle n'osait rien dire au brigadier, et encore moins à moi.

D'autre part, elle ne pouvait quitter cette place, car il était très difficile pour elle de trouver un autre travail, à cause de sa main estropiée. Et comment retourner à la maison, chez un père qu'elle haïssait, et qui ne pouvait même pas lui donner son pain ? Mais elle ne voulait à aucun prix tomber dans la honte, comme sa mère.

Il se passa ainsi environ un mois. Un soir, le brigadier, rentrant plus tard que d'habitude, trouva la maison plongée dans un profond silence, et le dîner servi pour lui sur la table. Son fils, déjà couché, dormait profondément, et quand il eut fini de manger, il se prépara à se coucher à côté du garçon. Mais en se penchant pour fermer la fenêtre (c'était une nuit claire), il vit, en bas, dans la cour, Assunta assise sur la margelle du puits, qui tressait ses cheveux avec des gestes précipités, en parlant toute seule. Il allait l'appeler ; puis il pensa qu'elle était peut-être là pour profiter un peu de l'air de la nuit, car le temps était lourd, et sa petite chambre, sous l'escalier, devait être très chaude. C'est pourquoi, sans rien lui dire, il se pencha pour tirer à lui les persiennes : à ce moment, il crut voir que la jeune fille, après avoir achevé sa tresse, la faisait tourner autour de son front, et qu'elle la fixait avec des épingles au-dessus de l'oreille, comme un bandeau lui couvrant les yeux. Mais ce n'est que plus tard qu'il se souvint de ce geste auquel, fatigué et somnolent, il n'avait pas alors prêté une grande attention. Le fait est qu'Assunta s'était bandé les yeux de cette façon pour s'empêcher de voir et se donner plus de courage ; le matin suivant, elle ne reparut pas, et, après l'avoir cherchée dans la maison et dans tout le bourg, on la retrouva au fond du puits.

Comme elle était morte volontairement, la jeune fille ne reçut pas la bénédiction à l'église, et ne fut pas enterrée dans le cimetière, mais à l'extérieur, près de l'entrée, où le brigadier, par pitié, lui fit graver une pierre. Or, tous ceux qui se sont suicidés ne peuvent pas trouver le repos, comme les autres morts, ni sous la terre ni ailleurs ; mais ils continuent à errer, sans jamais trouver de repos, autour du cimetière et de la maison dont ils se sont arrachés avec violence. Ils voudraient retourner dans leur famille, se manifester, mais ils ne peuvent pas ; et voilà pourquoi je ne veux plus dormir : comment pourrais-je me reposer en paix quand je sais que ma fille ne trouve pas de sommeil ? Après qu'elle eut été ensevelie, je ne pouvais plus tenir dans notre maison à Santa Margherita, avec l'idée qu'elle marchait autour, qu'elle était en peine, qu'elle cherchait à se faire comprendre, et que je ne pouvais pas comprendre mon propre sang. C'est pourquoi je suis venu sur le continent, en m'engageant comme soldat. Et je continuerai à combattre tant que je n'aurai pas atteint mon but. »

Je demandai au Sicilien quel était le but dont il parlait.

« Ce que je veux, expliqua-t-il, c'est être frappé, un jour ou l'autre. Je n'ai pas le courage d'Assunta, pour mourir de la même façon. Mais si je suis blessé mortellement, alors, après être devenu comme elle, je pourrai retourner en Sicile, à Santa Margherita. J'irai chercher ma fille, là-bas, autour de la maison, et nous pourrons nous expliquer. Je l'accompagnerai, et qui sait si elle ne réussira pas à dormir dans mes bras, comme lorsqu'elle était petite. »

Tel fut le récit de Gabriele ; l'aube était venue, et,

après avoir éteint sa lampe, il s'en fut. Je me levai, car je devais partir ; on entendait le bruit de la pluie, qui n'avait jamais cessé au cours de la nuit.

Peu après, sur la route boueuse, je me demandais déjà si cette visite avait été une réalité ou si c'était simplement une chose que j'avais imaginée dans mon insomnie. Je me le demande encore : et, à de nombreux indices, il me semble clair que ce n'était pas là un personnage terrestre. Et pourtant, il m'arrive de penser à ce soldat, et à ce qu'il a pu devenir. Je me demande s'il a pu retourner en Sicile, et si finalement Assunta a pu trouver un peu de repos dans les bras de son père.

Donna Amalia

Donna Amalia Cardona (qui, à cette époque, devait avoir environ cinquante ans, mais en paraissait trente-cinq) était d'une taille supérieure à la moyenne, non seulement parmi les femmes, mais aussi par rapport à l'ensemble des hommes : ainsi, on la voyait dominer, dans les salons et au théâtre, quels que fussent ses compagnons. De plus, elle portait toujours de petites chaussures aux talons fins et très hauts, afin de mieux mettre en valeur son petit pied, qui, par contraste avec sa taille, était aussi petit qu'un pied de poupée. Ses souliers semblaient sortir de la boutique d'un orfèvre plutôt que de celle d'un bottier ; et ni la poussière ni la boue ne les touchaient, car Donna Amalia, à l'image des dames chinoises de l'antiquité, ne marchait jamais, sinon à l'intérieur de son palais (mais elle aurait aimé être une Papesse, pour avoir le droit de se faire porter en chaise, même à travers ses jardins et ses appartements). Cela lui paraissait une absurdité contre nature que de soumettre à la fatigue ses petits pieds ou ses petites mains (minuscules elles aussi, tout comme ses pieds), qui n'étaient faits que pour être regardés, comme les géraniums sur les balcons.

Bien qu'elle fût si paresseuse, Donna Amalia n'avait cependant pas engraissé démesurément, comme beaucoup d'autres dames de son âge. Ses membres, qui n'étaient pas trop gros, étaient pourtant d'un dessin si noble, et son ossature si vigoureuse sous ses chairs délicates, qu'elle apparaissait comme une géante sacrée, une statue peinte pour la Procession. La couleur de sa peau était d'un brun olivâtre, et sa tête, plutôt petite, avait de profil un aspect un peu rapace, à cause de son nez, fortement aquilin ; mais, vue de face, elle vous attendrissait le cœur, grâce à son sourire, où sa bouche, petite et charnue, montrait des dents qui ressemblaient au jasmin d'Arabie, et grâce à ses yeux qui (sous les sourcils très noirs et peut-être trop épais) étaient d'un ovale délicat, d'une couleur noire veloutée, luisante : ils reflétaient des pensées d'une gaieté si consolante qu'en regardant ces yeux, vous aviez l'impression d'entendre le dialogue de deux oiseaux.

La raison pour laquelle Donna Amalia n'engraissait pas trop était que, au fond d'elle-même, continuait de brûler, sans jamais se consumer, cette ferveur qu'une femme ordinaire peut connaître quand elle est enfant, mais qui se réfrène ensuite dans sa jeunesse, et disparaît à l'âge adulte. Les sentiments, les pensées de Donna Amalia, étaient toujours en mouvement, toujours ardents ; et ils ne s'apaisaient pas même dans le sommeil, car son repos était un tel spectacle de songes, qu'à les raconter, on les aurait pris pour les Mille et une Nuits.

Le secret du caractère de Donna Amalia résidait tout entier en ceci : à la différence des gens ordinaires, elle n'acquérait jamais, à l'égard des aspects, même les plus coutumiers, de la vie, cette habitude dont naissent l'indifférence et l'ennui. Montrez à un enfant un chandelier allumé : il ouvrira de grands yeux, agitera les mains, et fera une fête comme s'il voyait une merveille de la nature. Avec le temps, il s'habituera aux grâces de la vie, et il lui faudra quelque chose de rare pour lui donner de l'étonnement et du plaisir. Il n'en était pas de même pour Donna Amalia ; elle restait toujours une novice, et le monde, pour elle, était un théâtre d'Opéra toujours ouvert, avec toutes ses lumières allumées. Par exemple : qu'y a-t-il de plus commun, de plus connu que le soleil et la lune ? Eh bien, devant chaque soleil, devant chaque lune, Donna Amalia s'enthousiasmait, se prenait de curiosité, et elle se tourmentait d'envie comme si elle voyait passer le cortège de la Reine de Saba. Le matin, lorsqu'on ouvrait ses fenêtres, de son lit (elle dormait sur trois oreillers de plume de telle sorte que, même dans son lit, sous ses belles boucles aile de corbeau et dans sa chemise de nuit de dentelles, elle paraissait assise sur un trône), elle commençait à s'écrier, languissante et ravie : « Ah, quel soleil ! Ma petite Sainte Rosalie, quel soleil ! Ouvre, ouvre toutes les persiennes, Antoniuccia, écarte les rideaux ! Ah, sainte Vierge du Carmel, regardez ! on n'a jamais vu un soleil pareil, il me fait fermer les yeux, je me sens presque mal. Mais ce n'est pas un soleil, c'est un trésor, c'est une mine ! On dirait que si on tend les mains, elles devraient se remplir d'or fin ! Qu'est-ce qu'on raconte, il y a une grande distance d'ici au soleil ! il paraît qu'on ne la mesure même pas en kilomètres, mais en années. Et on dit que même Mathusalem, s'il avait passé toute sa vie à filer droit au ciel sans jamais se reposer, eh ! bien non, même avec sa tête dure, il n'y serait pas arrivé ! »

Et lorsque la lune commençait à décroître, il pouvait arriver que Donna Amalia réveillât à grands coups de sonnette, au cœur de la nuit, ses femmes de chambre préférées, celles qui étaient plus particulièrement chargées de sa personne (il y en avait trois, elles s'appelaient Medina, Cristina et Antoniuccia). Et, comme elles arrivaient, traînant leurs pieds nus, vêtues tant bien que mal et décoiffées, elles trouvaient leur maîtresse joyeuse, extasiée, qui disait : « Ah, mes petites, venez toutes ici ! Venez toutes autour de moi. Je ne peux plus dormir ! Ne voyez-vous pas la lune qui est venue dans le ciel ? Quand nous nous sommes couchées, elle n'était pas là, dehors, il faisait aussi noir que dans une caverne, et tout d'un coup, je me réveille, et qu'est-ce que je vois ? Il est sorti une lune ! une lune comme on n'en a jamais vu ! Mais ça, ce n'est pas une lune, c'est un soleil ! Regardez l'air ! ce n'est pas de l'air, c'est une glace ! on dirait qu'en se penchant sur cette soirée, on va s'y mirer le visage. Ah, Maria Santissima, ma douce mère, quelle splendeur de lune ! elle s'en va dans le ciel comme une petite barque dans la mer ! regardez comme elle est blanche ! quel petit corps clair ! quelle beauté ! Regarde-la bien, toi, Medina ; tu dois bien la voir, parce que tu as les yeux verts, comme les chats. Quand on la regarde bien, on y voit comme des dessins, des taches. On dit que c'est l'image de la Couronne d'épines et des clous de Notre-Seigneur. Mais il y a des personnes qui y voient deux fiancés qui s'embrassent, et d'autres une figure qui rit. Toi, qu'est-ce que tu y vois ? »

Les yeux à demi fermés par le sommeil, Medina regardait la lune et répondait :

— « Oui, Excellence...

— Qu'est-ce à dire : oui, Excellence ! je te demande ce que tu y vois, toi !

— Cela, Excellence, ce sont vraiment les instruments du martyre de Notre-Seigneur.

— Et toi, Cristina, qu'est-ce que tu y vois ? Eh bien, toi, qu'est-ce que tu y vois ? »

Cristina observait attentivement la lune, sans trop savoir quoi répondre. Mais, sans avoir été interrogée, Antoniuccia, la plus jeune, intervenait dans la discussion :

— « Il faut que je vous dise une chose, Excellence (est-ce un péché ?). Moi, je la regarde toujours, la lune, je dois l'avoir regardée plus dc mille fois, et même de plus près, du haut de la montagne. Eh bien, ces images-là, dont vous parlez, pour moi, cela ne veut rien dire. Je n'y vois qu'un gribouillis.

— Salomon a parlé ! Des savants, des *nastronomes*, des religieux par milliers ont étudié des dessins dans le corps de la lune ; ils y ont usé leurs yeux, leurs instruments, ils ont imprimé des tonnes de livres ! Et les uns l'expliquent d'une manière, les autres d'une autre : c'est un mystère ! mais au meilleur moment, voilà Mademoiselle... comment t'appelles-tu, toi ?

— Antoniuccia.

— Bravo, dix sur dix ! Jusque-là, je l'avais déjà appris toute seule. Ce n'est pas ton nom de baptême que je t'ai demandé, mais ton nom de famille. Je ne peux pas avoir dans la tête tous vos noms de famille.

— Ah, pardon. Mon nom, c'est Altomonte, Excellence, Altomonte Antoniuccia.

— ...et voilà Mademoiselle Altomonte, qui les met tous en pénitence, d'un seul mot. *Ces images-là sont des gribouillis, elles ne veulent rien dire!* Tu veux savoir ce que tu es, toi, Antoniuccia ? Tu es une tête de loup.

A ces derniers mots, Antoniuccia rougissait : « Pardonnez-moi, Excellence, balbutia-t-elle, quand j'ai entendu votre sonnette, je me suis précipitée tout de suite ici, et je n'ai même pas eu le temps de me peigner » et, souriant avec confusion, elle essayait de se remettre les cheveux en ordre avec ses doigts.

Mais Donna Amalia ne s'occupait déjà plus d'elle ; ses yeux contemplaient de nouveau la lune, et ils étaient devenus pensifs :

— « C'est curieux ! disait-elle avec un soupir, quand on la regarde d'ici, elle n'a pas l'air d'être tellement loin. On dit que ce... comment s'appelait-il, celui qui habitait là-bas, à l'Albergheria ? Balsamo, le comte de Cagliostro ! lui, à ce qu'on dit, il y est allé. Medina ! Tu as connu, n'est-ce pas, une parente du comte de Cagliostro ? Tu lui as parlé ?

— Oui, Excellence, j'ai fait sa connaissance. Elle s'appelle Vittorina. Sa grand-mère était la fille d'une femme qui à un baptême, fut la commère du comte de Cagliostro. Oui, Excellence, je lui ai parlé.

— Et est-ce que tu t'es fait raconter quelque chose de ce voyage dans la lune ? De quelle façon y est-il arrivé, cet homme, et qu'est-ce qu'il a vu, là-dedans ?

— A vrai dire, Excellence, pour ce qui est de ce voyage dont vous parlez, je ne lui ai rien demandé.

— Ignorante, c'était la première chose qu'il fallait lui demander !

— A vrai dire, Excellence, je n'ai posé aucune question. Cela me semblait un peu mal de demander, parce qu'il y a des gens qui disent que ce monsieur d'autrefois, c'était le diable. Cela ne me semblait pas bien élevé de demander. Ce fut Vittorina qui, sans que je lui aie posé de questions, me parla de lui. Elle me dit que c'était un très grand magicien, et qu'il avait appris le secret pour faire de l'or.

— Je dis qu'il s'amusait à perdre son temps ! Cela vaut vraiment la peine de se rompre la tête sur une invention pareille ! Moi, en ce qui me concerne, ce secret de la fabrication de l'or, je l'abandonne volontiers au Seigneur Dieu, qui, en sept jours, a fabriqué le ciel et la terre, avec toutes les constellations, et les mines d'or ; et pour faire naître les créatures, il lui suffisait de souffler, comme pour allumer des braises. Si quelqu'un veut de l'or, il s'en va chez le bijoutier, et il le trouve tout fait, et même travaillé merveilleusement. Mais s'en aller explorer les mystères de la lune, voilà qui fut vraiment une chose merveilleuse ! Ecoute-moi, Medina, je voudrais déjà être à demain. Je suis si impatiente que je mangerais les minutes. Parce que j'ai décidé que demain, tu me conduiras pour faire une visite à cette Vittorina, et nous nous ferons tout raconter.

— Vous voulez aller chez elle ! Excusez ma liberté, mais vous n'y seriez pas à votre aise, Excellence. Elle se présente comme une femme très simple, on ne dirait jamais qu'elle est la parente d'un comte. Elle habite dans une ruelle étroite, où votre voiture ne pourrait même pas entrer, en haut d'une petite colline couverte de figues de barbarie. Pardonnez-moi si je suis insolente, mais ce n'est pas pour vous, Excellence. Et la maison, à l'intérieur, on dirait une maison de bohémiens. Il n'y a qu'une seule chaise, pendue au plafond, et les gens s'asseyent par terre. Mais la chose qui frappe le plus (pardonnez-moi, Excellence) c'est la mauvaise odeur !

— Eh, quelle odeur cela peut-il être ? En tout cas, ce sera toujours une odeur de chrétien. Ecoute bien maintenant le premier ordre que je te donne pour demain matin, Medina. Dès que tu te réveilleras, il faut que tu ailles là-bas sur cette colline, et que tu me conduises ici cette Vittorina. Nous la ferons parler ! Maintenant, retirez-vous toutes, mes petites ; Antoniuzza, remets-moi bien mes oreillers en place. Nous étions toutes ici en train de bavarder, nous avions l'impression d'être en plein jour avec cette lune, et pourtant le sommeil est revenu par ici. Ah, comme je bâille, j'ai l'impression de devenir un tigre. Bonne nuit, allez-vous-en, bonne nuit. Ah, mes yeux se ferment, comme c'est bon de dormir. Une idée me dit que je vais rêver du comte Gagliostro. »

Cette grande dame avait voyagé, elle avait parcouru le monde, et pourtant, à certains moments, elle ressemblait aux pauvres femmes barbares du désert qui n'ont jamais rien vu ; et, si un voyageur leur montre un morceau de verre qui brille au soleil, elles sont toutes ravies et tendent les mains pour le voir. Naturellement, Donna Amalia aimait les objets d'or et d'argent, les pierres précieuses ; elle en possédait des quantités d'écrins et des coffrets si pleins qu'ils auraient fait honte à une reine. Pourtant, en plus des vrais bijoux, elle continuait à aimer les faux, qui d'habitude peuvent satisfaire une enfant ignorante, une paysanne ou une pauvre servante. Ce qui l'attirait, ce n'était pas la valeur des objets, mais plutôt leur effet, le plaisir qu'ils lui donnaient quand elle les voyait ou les portait. Et comme, pour dire toute la vérité, elle était toujours demeurée à demi analphabète, et qu'elle avait conservé le même goût inculte qu'elle avait alors qu'elle était une jeune fille pauvre, les colifichets d'un marchand ambulant pouvaient lui plaire tout autant que le trésor du Grand Vizir, et elle était capable de s'arrêter pour contempler une charrette de la foire comme si elle était devant une vitrine de Paris. Au moment des foires de l'Epiphanie, ou de quelque autre fête, elle faisait arrêter son automobile à l'entrée de la place, aux heures où il n'y avait pas trop de monde, et, lentement, elle se promenait de long en large devant les baraques et les charrettes ; à chaque instant ses yeux s'enflammaient, et elle voulait une chose ou une autre. Ainsi, deux serviteurs ne suffisaient pas pour se charger de tous ses achats. Et, quand elle arrivait chez elle, elle attendait impatiemment de regarder les cadeaux qu'elle s'était achetés. Dès qu'elle avait mis le pied dans l'antichambre, elle les étalait sur la console de marbre, et riait de plaisir, excitée, anxieuse ; elle essayait devant la glace les boucles d'oreilles de verre coloré, les bracelets de fausses perles, et les colliers de noisettes ou de bois peint. Et si elle se rendait ensuite à quelque réception, elle était capable de laisser chez elle ses diamants et de se parer d'un collier de noisettes ou de châtaignes sèches qui, ce soir-là, lui paraissait plus beau. Elle agissait ainsi à cause de son ignorance, de son goût du luxe et de l'insouciance de son cœur ; mais son prestige était tel parmi les dames de la ville que, si, un soir, Donna Amalia apparaissait avec un collier de châtaignes sèches, le soir suivant, dix autres dames, se comportant exactement comme des singes, laissaient chez elles diamants et émeraudes, et exhibaient des bracelets de châtaignes sèches dans les théâtres et les salons. Mais il arrivait pourtant que tandis que sur Donna Amalia, les châtaignes sèches semblaient aussi précieuses que des diamants, sur les autres dames, elles avaient absolument l'air de châtaignes sèches.

La vie de Donna Amalia n'était pas exempte de chagrins. En effet, nous l'avons déjà dit, le cœur de Donna Amalia était resté celui d'un enfant ; et, comme cela arrive aux enfants, elle ne se contentait pas toujours d'admirer les choses qui avaient l'honneur de lui plaire, mais souvent elle aurait voulu les posséder, contre toute raison. Et si une chose dont elle s'était éprise était absolument impossible à avoir (comme par exemple l'Alhambra ou les trésors de l'Empereur de Chine) Donna Amalia se rongeait et se tourmentait. Ce n'était pas qu'elle fût assez insensée pour ne pas comprendre l'absurdité d'un semblable tourment ; au contraire, le plus souvent, en de telles occasions, elle riait follement de ses propres caprices. Mais, tout en riant, elle ne pouvait chasser un sentiment amer de révolte et presque de dégoût. L'idée lui était odieuse que (sauf quelque bouleversement imprévisible, et indépendant de sa volonté) elle ne pourrait jamais, tant qu'elle serait vivante, être chez elle dans les beaux jardins de l'Alhambra ou se parer des bracelets fantastiques de l'antique souveraine de la Chine. L'impossibilité la troublait et l'inquiétait. Et elle n'avait d'autre ressource que d'imaginer (ou même de rêver pendant la nuit) qu'avec son sourire, elle poussait son époux, Don Vincente, à la tête d'une poignée de héros, à la conquête de l'Alhambra ; ou bien qu'elle s'introduisait elle-même, en personne, dans la salle du Trésor à Pékin, et qu'après avoir brisé les écrins, elle volait ces bracelets qui gisaient là, sacrifiés, derrière une vitre. Puis, qu'elle les cachait dans son sein, et qu'elle remontait, haletante, dans son palanquin qui la conduirait en sécurité, en fuyant au-delà de la Grande Muraille.

Ces fugitifs accès de mélancolie de Donna Amalia avaient été la seule croix de Don Vincente, son époux. Car le plus grand amour de ce Hidalgo et ses délices perpétuelles étaient de susciter, de contempler et d'entretenir les joies enfantines de Donna Amalia. Quant à nous, nous ne pouvons assurément lui donner tort. Y a-t-il un spectacle plus gracieux, plus consolant que le bonheur d'un enfant ? Et quelle chance plus grande que de pouvoir allumer une telle espèce de bonheur dans la personne que l'on aime le mieux, dans sa propre femme ? Avec la courtoisie courageuse des chevaliers espagnols, ce noble catalan cultivait sa chère Donna Amalia comme un rosier ; il la caressait comme une chatte persane, oisive et passionnée ; il lui offrait les plus dignes spectacles de la terre, à la façon d'un roi qui reçoit un autre roi ; et il lui apportait ses hommages et ses présents comme à une sainte. Or, à chaque nouveau présent, la chère Donna Amalia rougissait, riait et palpitait comme pour le premier, c'est-à-dire comme le jour où elle avait reçu de lui sa bague de fiançailles (et ce fut le premier anneau d'or qu'elle posséda, car, jusqu'à ce jour, elle avait été si pauvre qu'elle pouvait à grand-peine s'acheter un petit anneau de cuivre pour la fête de sainte Rosalie).

Inutile d'ajouter que Vincente surveillait la naissance des désirs dans le cœur d'Amalia comme un enfant qui élève un oiseau du Paradis ; à chaque pépiement de son bien-aimé, il se demande, le cœur inquiet : « Que veut-il donc me dire ? Que lui manque-t-il ? » Mais il y avait des circonstances où, malgré toute sa volonté de voir Amalia contente, Vincente ne pouvait lui dire : « Señora, es vuestro ! »

Telle était la croix de Don Vincente ; mais de son côté, pour ne pas l'attrister, Donna Amalia cherchait à lui cacher ses propres peines, alors qu'elle était assaillie par une envie sans espoir.

Excepté cette petite ombre, aucun mari ne pourra jamais se dire aussi heureux que Vincente. En effet, il est bien connu que l'accoutumance aux joies de ce monde (qui a tôt fait de rendre la vie ennuyeuse) persécute, davantage que les pauvres, les riches, habitués à un grand nombre de joies qui restent rares pour les autres. Et puis un mari très riche est un homme infortuné, car chaque jour qui passe diminue pour lui ce qui est l'une des plus douces satisfactions d'un mari : c'est-à-dire de réjouir et de combler son épouse de beaux cadeaux. Une femme ordinaire, même si elle est née pauvre, s'habitue vite à la richesse. Et le jour vient vite où un rubis est pour elle habituel, insignifiant, comme une orange pour la fille d'un fermier.

Mais, pour notre bonne fortune, Donna Amalia n'était pas une femme ordinaire. Et il est impossible de trouver des mots convenables pour dire quel divertissement, quelle émotion, quelle constante célébration fut, pour son époux, la vie à ses côtés. Il avait fait escale par hasard à Palerme, environ trente-quatre ans auparavant : il y avait connu Donna Amalia (qui était alors une pauvre jeune fille de quinze ans) et, fou de bonheur, il l'avait épousée dans l'église de la

Martorana, au cours d'une fête nuptiale qui resta ensuite au nombre des légendes de Palerme.

A vrai dire, ils avaient été deux à vouloir Amalia comme épouse : Don Vincente et l'un de ses amis, Don Miguel, qui était venu avec lui à Palerme, et avait fait la connaissance d'Amalia en même temps que lui. Tous les deux, dès qu'ils l'eurent connue, ils avaient décidé : *Ou Amalia ou la mort.* Quant à Amalia, elle avait, à cause d'eux, passé des jours désespérés, au cours desquels elle ne faisait que pleurer : car elle ne savait lequel des deux choisir, elle les aimait bien tous les deux et ne voulait faire de tort ni à l'un ni à l'autre. Ils étaient tous deux jeunes, tous deux sympathiques, tous deux catalans. Don Miguel était marquis, et Don Vincente n'était que chevalier ; mais en revanche, Don Vincente était plus grand que Don Miguel, et il avait une voix plus mélodieuse ; quant à Don Miguel, il avait la taille plus fine et le sourire plus doux. La peine d'Amalia en était arrivée à un tel point que pour en finir, elle s'était presque décidée à s'enfermer pour toujours dans un couvent de religieuses cloîtrées. Mais ses deux amoureux, pour éviter un semblable épilogue, résolurent la question par un duel. Don Miguel en sortit avec une légère blessure à l'épaule, et, après avoir embrassé Don Vincente, il partit seul. Il semble qu'au cours des années suivantes, il ait voyagé çà et là à travers le monde sans pouvoir oublier Amalia, et cherchant en vain une autre femme qui lui ressemblât. Enfin il se retira dans un de ses châteaux en Catalogne, et mourut de mélancolie. En effet, après avoir connu Amalia, toutes ses richesses lui semblaient le sable du désert, s'il ne pouvait en jouir avec elle.

Le châle andalou

Dès son enfance, Giuditta s'était attiré l'hostilité de tous les siens à cause de son amour pour le théâtre et pour la danse : dans cette bonne famille de commerçants siciliens, la profession de danseuse (même s'il ne s'agissait que de danses sérieuses, *classiques*) était considérée comme un crime et un déshonneur. Mais Giuditta, dans la lutte, se conduisait en héroïne : elle travailla la danse en cachette, et en dépit de tous. Aussitôt que son âge le lui permit, elle quitta Palerme, sa famille, ses amies, et s'en alla à Rome où, quelques mois plus tard, elle faisait déjà partie du corps de ballet de l'Opéra.

Ainsi, le Théâtre, qui avait toujours été son paradis, l'avait accueillie ! Giuditta, dans son enthousiasme, se disait que ce n'était là qu'un premier pas : elle avait toujours pensé qu'elle était une grande artiste, destinée à la gloire, et l'un de ses jeunes admirateurs, un musicien de l'Italie du Nord qu'elle avait connu à l'Opéra, l'encouragea dans cette conviction. Giuditta l'épousa. Il était beau, et tous le considéraient comme une promesse pour l'art ; hélas ! trois ans après leurs noces, il la laissa veuve, avec deux jumeaux : Laura et Andrea.

Malgré leur opposition à sa profession et à son mariage, ses parents de Sicile ne lui avaient pas refusé sa dot. Grâce à cet argent, qui s'ajoutait à ses maigres cachets de danseuse, la veuve pouvait vivre tant bien que mal, avec ses deux jumeaux. Sa carrière n'avait encore fait aucun progrès ; mais, dans l'intimité, Giuditta Campese se conduisait en grande dame. Sa maison resplendissait des marques de son orgueil, de son talent, de sa magnificence : et, dans les quelques pièces que comptait son appartement, régnait la certitude qu'elle était une *étoile*.

Toutefois, l'on s'aperçut rapidement que sa passion pour le théâtre, déjà si contrariée par la famille de son père, rencontrait un nouvel adversaire, là où Giuditta ne l'aurait assurément pas attendu. De fait, le nouvel adversaire était une personne qui était née et avait grandi parmi des gens de théâtre, et un être qui respire naturellement cet air depuis toujours ne devrait point se retrouver avec des préjugés provinciaux. La personne dont il est question était le fils de Giuditta, Andrea.

Le fils de Giuditta, dans son enfance, était moins développé que sa sœur, moins grand et moins fort, mais non moins gracieux qu'elle. Brun comme Laura et comme sa mère, il se distinguait d'elles parce que ses yeux (qu'il tenait, semble-t-il, d'une aïeule paternelle) étaient d'un bleu rare. Ces yeux bleus, d'habitude un peu sombres, ne révélaient pleinement leur nature lumineuse que lorsqu'ils regardaient Giuditta : il suffisait que Giuditta apparût de loin pour que les yeux bleus fissent briller toute leur beauté joyeuse.

Cependant, dès ses toutes premières années, avant même d'avoir appris à parler de façon intelligible, Andrea manifesta clairement une haine démesurée pour la profession de sa mère.

En dehors de son travail, la veuve menait une vie retirée. Et lorsqu'elle n'avait pas à se rendre au théâtre, elle passait le plus souvent ses soirées chez elle, seule et tranquille. Ces soirs-là, Andrea (qui, avec sa sœur, se couchait chaque soir avant le crépuscule) s'endormait aussitôt, calmement, auprès de Laura, et dormait d'une traite jusqu'au matin suivant. Mais, les soirs de répétition ou de spectacle, alors que Laura, suivant son habitude, dormait comme un ange, le soupçonneux Andrea perdait sa paix. Bien que personne ne le lui eût dit, son cœur l'avait mystérieusement averti que sa mère devait sortir. Andrea s'endormait alors avec peine, d'un sommeil capricieux et fragile, et il se réveillait en sursaut, comme à la sonnerie d'une cloche, au moment même où Giuditta se retirait dans sa chambre pour s'habiller. Après être sorti de son lit, il courait, les pieds nus, jusqu'à la chambre de sa mère ; et, semblable à un pauvre pèlerin, il s'arrêtait là, derrière cette porte close, en pleurant doucement.

Le drame, qui commençait ainsi, pouvait évoluer de plusieurs façons différentes. Parfois Andrea restait là, et pleurait, comme en secret, pendant tout le temps que sa mère s'habillait ; mais au moment même où, prête à partir, elle ouvrait sa porte, il retournait à toutes jambes dans son lit, pour cacher ses larmes sous ses draps. Giuditta ne voulait pas lui montrer de pitié, et, le plus souvent elle s'en allait, droite et impassible, en feignant de n'avoir pas entendu ces pleurs, ni la course de ces pieds nus. Mais, quelques rares fois et bien contre son gré, elle avait trop pitié de lui et courait derrière lui, en cherchant à le consoler avec mille tendresses. Mais il serrait ses poings devant ses yeux en étouffant ses sanglots, et il refusait toute fausse consolation. La seule véritable consolation pour lui aurait été que Giuditta restât à la maison, au lieu de s'en aller au théâtre ; mais il fallait être fou pour demander une chose semblable à la danseuse !

L'audace d'Andrea, certains soirs, arrivait jusqu'à cette folie. Après avoir un peu pleuré, suivant son habitude, derrière la porte de sa mère qui s'habillait, il se déchaînait tout à coup, et commençait à marteler la porte de coups de poing. Ou bien, refrénant ses larmes, il attendait avec patience que sa mère fût prête ; et lorsque, à la fin, il la voyait apparaître (avec sa démarche de lionne, et un petit chapeau orgueilleux, avec une voilette noire sur son visage clair, sans fard ni poudre) il s'accrochait à ses vêtements, lui embrassait les genoux et la suppliait avec des accents désespérés de ne pas aller au théâtre, au moins ce soir, de rester lui tenir compagnie ! Elle le caressait, le câlinait, et tentait inutilement de l'encourager à l'inévitable ; jusqu'au moment où, impatientée, elle se dégageait avec brutalité, et disparaissait en claquant la porte. Et Andrea se laissait tomber sur le carrelage de l'antichambre, et il restait là, gémissant, comme un pauvre petit chat abandonné dans son panier, tandis que la chatte, insouciante, s'en va se promener.

Giuditta avait espéré que tout cela ne serait qu'un caprice d'enfant, qui passerait avec l'âge. Mais les années se succédaient, et le caprice d'Andrea grandissait avec lui. Son aversion pour le théâtre, éternelle passion de sa mère, se déclarait à chaque occasion, et se développait dans son jugement comme une hostilité irrémédiable. Naturellement, Andrea ne s'abaissait plus à supplier et à pleurer, comme au temps où il avait trois ou quatre ans ; il s'en gardait bien, mais sa haine, privée de ces épanchements puérils, devenait plus féroce encore.

Sans ce caprice obstiné, Andrea n'aurait nullement été un méchant enfant. Il ne mentait jamais ; il travaillait bien ; et il était extrêmement affectueux avec sa mère, qu'il suivait dans toutes les pièces de la maison, et dont il recherchait à tout instant l'attention avec des manifestations turbulentes et caressantes : à tel point que, souvent, si elle était prise par d'autres occupations ou d'autres pensées, Giuditta devait le repousser comme un importun. Lorsqu'il arrivait (ce n'était pas très souvent, à vrai dire) que Giuditta le conduisît à la promenade, le roi lui-même, sorti en carrosse avec la reine n'aurait pu se montrer plus glorieux ni plus attentionné que lui ; et ses yeux brillaient d'une lumière intense, du début à la fin. Les rares soirées où Giuditta ne sortait pas et restait en famille, le visage d'Andrea, pâle d'habitude, se colorait comme une fleur. Il devenait d'une humeur insouciante et angélique, faisait des prouesses, se vantait. Il riait aux larmes pour les moindres faits de la maison (par exemple, si le chat pourchassait une mite, ou si Giuditta ne réussissait pas à casser une noix) ; et il racontait sur un ton dramatique la trame du *Corsaire Noir*, de *Sandokan à la rescousse*, de *Pirates de Malaisie*, et d'autres semblables romans de capitaines et de boucaniers, qui étaient sa passion. De temps en temps, il serrait sa mère dans ses bras comme s'il avait voulu l'enchaîner ; il se montrait plein de prévenances pour Laura ; et il écoutait avec gravité et modestie leurs conversations de femmes. Mais si l'on faisait allusion au théâtre, ou à la danse, ou à l'Opéra, ses yeux s'assombrissaient, son front se plissait, et la famille devait assister à une métamorphose extraordinaire. Comme si un pigeon ou un poulet se transformait soudain en hibou.

Certains après-midi de grande fête, sa sœur Laura sortait de la maison, folle de joie, pour assister à quelque spectacle de matinée à l'Opéra, où, à la suite de sa mère, on l'admettait souvent jusque dans les coulisses et dans les loges. Quand elle rentrait à la maison (où Andrea, qui s'était volontairement exclu de la fête, avait passé l'après-midi tout seul), elle semblait une folle, tant elle était excitée ; mais, devant les regards terribles de son frère, elle devait étouffer, au premier mot, toute les tentations de lui en faire le récit. Et ce silence lui coûtait une fatigue si peu naturelle, que, par la suite, au cours de la nuit, elle parlait en dormant.

Andrea refusa toujours de mettre les pieds dans un théâtre. La simple proposition de visiter un tel endroit, auquel il devait tant de soirées de peine et tant de larmes, le faisait pâlir de révolte.

A plus d'une occasion, Giuditta apporta de l'Opéra l'un ou l'autre de ses costumes de danseuse, et elle le revêtit chez elle, pour se faire admirer. Un jour, elle se costuma en bohémienne, avec une jupe écarlate, la poitrine à moitié nue, et des bracelets et des colliers de pièces d'or. Un autre jour, elle s'habilla en cygne, avec un corsage couvert de brillants, des bas de soie très blanche, et un tutu de plumes. Une autre fois, elle se mit en Néréide, avec une courte gaine d'écailles changeantes, et un filet de pêche à la main. Une autre fois encore, elle s'habilla en *Esprit de la Nuit*, et une fois en *bergère orientale*.

Son corps s'était un peu alourdi, depuis le temps où elle n'était qu'une jeune fille ; mais c'était une belle femme avec son expression sévère, ses yeux d'un noir de mûre et son teint blanc d'Espagnole. En plus de sa fille Laura, elle se faisait admirer, dans sa chambre, par la domestique qu'elle employait à mi-temps, ainsi que par la concierge de l'immeuble. On peut dire qu'il s'agissait là de l'unique public d'admirateurs qui eût été jusqu'alors accordé à Giuditta : de fait, sa carrière théâtrale n'avait, en réalité, fait aucun progrès. Giuditta Campese, à ce moment encore, n'était rien de plus que ce qu'elle avait été, le jour de son engagement à l'Opéra : une danseuse anonyme du corps de ballet. Mais, aux yeux extatiques de son public familial, elle était, sans l'ombre d'un doute, une grande étoile du théâtre.

Après avoir fait admirer son costume, elle se produisait dans une danse, et suscitait des applaudissements enthousiastes. A ce moment, un pas enfantin, dans une course rapide, traversait le couloir, et Andrea, presque furtivement, apparaissait sur le seuil de la chambre. En voyant Giuditta, ses yeux écarquillés se remplissaient d'une admiration rayonnante et ingénue ; mais, après un instant, il détournait son visage de sa mère. Et, après avoir fait étinceler sur le public son regard hostile, il se reculait dans le coin, entre le couloir et la porte, comme quelqu'un qui doit assister, sans pouvoir l'empêcher, au pillage de sa propriété.

Les choristes, les danseurs et d'autres personnages du même genre qui fréquentaient parfois la maison étaient pires que des bêtes féroces, à ses yeux. Pendant leurs visites, il s'en allait d'habitude se terrer au fond de l'appartement, dans un cagibi poussiéreux qui recevait à grand-peine la lumière d'un vasistas. Mais si Giuditta et ses compagnons, de l'autre côté, dans le salon, répétaient quelque scène ou quelque pas de danse, dans sa prison même, Andrea ne parvenait pas à se défendre de ses monstres. Bien qu'il s'efforçât de ne pas écouter, son ouïe, qui se faisait beaucoup plus fine que d'habitude, pénétrait à travers les portes et recueillait les notes du phonographe, les voix étrangères, les battements rythmés des mains, le bruit des sauts, les pas glissés, le souffle des pirouettes ! Le prisonnier était partagé entre la colère, l'envie et la tentation de descendre jusqu'au fond de son propre supplice en assistant à ce spectacle détesté. L'on aurait pu croire qu'un espion avait dénoncé, de l'autre côté, la tentation qu'il éprouvait : et voici qu'un messager — sa sœur Laura — arrivait tout essoufflé devant sa porte barricadée pour l'inviter au salon de la part de sa mère, tout en faisant l'éloge des prouesses des danseurs. Avec des insultes et des menaces, Andrea mettait le messager en fuite, mais le poids de toutes ces épreuves lui devenait trop amer. Et, un instant plus tard, on l'entendait appeler sa mère à tue-tête, sur un ton d'extrême autorité.

Exaltée et apaisée par ses chères danses, Giuditta accourait. Elle appelait son fils par son nom : aucune réponse. Elle l'appelait à nouveau, deux, trois fois : et, finalement, la porte s'ouvrait. La danseuse entrait avec passion, et, riant de cette horrible clôture, elle serrait dans ses bras le triste reclus, l'embrassait sur les cheveux et sur le front : « Tu es tout froid : beautés saintes, cœur de mes yeux ! Cet enfant est fou ! Quelles fautes as-tu donc faites, pour vouloir t'emprisonner, avec toutes ces belles chambres que tu as ! Ta mère ne t'a pas mis au monde pour te garder au milieu des malles et des araignées ! Avec ta jolie petite chambre, avec ton petit balcon ! Et la musique du phonographe, et tous ces artistes qui me demandent de tes nouvelles ! Ils vont penser que mon petit Andreuccio est bossu ou estropié, pour ne jamais vouloir se laisser voir ! Allons, nous allons montrer à tout le monde comme la Campese a un beau garçon ! Pourquoi fais-tu cette tête amère ? Ce ne serait pas pire si Néron lui-même était venu en visite ! Ce sont tous des amis, des collègues de travail, des messieurs et des dames si beaux qu'ils font des étincelles, et les gens paient leur billet pour aller les voir ! Et maintenant, ils sont venus ici, danser pour Lauretta et pour Andrea ! Puis il y a des gâteaux, il y a du marsala, et nous voulons tous boire à la santé du maître de maison, à ta santé ! Allons, faites-nous cette grâce, mon beau lancier, venez danser avec nous ! »

Et, avec de vrais pas de danse, Giuditta, après avoir pris Andrea par la main, l'entraînait avec elle. Mais à peine se trouvait-il dans le couloir au bout duquel, à travers une porte restée entrouverte, l'on devinait le mouvement du salon qui résonnait d'un bruit de voix, qu'Andrea, comme s'il avait aperçu la bouche de l'enfer, se dégageait des mains de sa mère, pour s'enfermer à nouveau dans sa prison. De là, il criait à sa mère, restée au-dehors : « Va-t'en ! Pars ! Retourne avec ces vilaines gens ! » ; mais lorsqu'il se retrouvait seul, il pleurait.

Ainsi Andrea payait-il ses propres haines en s'infligeant des tourments à lui-même. On conserve cependant le souvenir de quelques épisodes où sa violence éclata d'une autre façon. Un jour, par exemple, il retourna, avec le visage contre le mur, comme autant d'âmes en peine, les photographies encadrées qui ornaient les étagères du salon. C'était des chefs d'orchestre, des chorégraphes, des premiers danseurs, et d'autres célébrités : et toutes ces photographies étaient très chères à sa mère, surtout à cause de leurs dédicaces, qui lui étaient adressées à elle, Giuditta Campese, avec son prénom et son nom.

Et un jour qu'un amateur de danseuses avait envoyé un bouquet de roses en hommage à Giuditta, Andrea attendit qu'elle sortît de la maison pour se rendre à ses répétitions habituelles au théâtre ; et soudain, sous les yeux effrayés de sa sœur Laura, il se mit à briser et à saccager ces roses, avec une colère sauvage. Puis il les jeta à terre et les piétina. A cette occasion, Giuditta en arriva à le traiter de criminel et d'assassin.

C'est au milieu de ces peines que se passait l'enfance d'Andrea Campese.

Vers l'âge de dix ans, comme ils devaient se préparer à recevoir la première communion et la confirmation, Laura et Andrea passèrent deux semaines en retraite : elle dans un couvent de religieuses, et lui dans un institut de Pères salésiens. Avant cette occasion, leur éducation religieuse avait été assez négligée et la vie pieuse du couvent fut une expérience très nouvelle pour les deux jumeaux. Dans l'existence de Laura, cette expérience et les enseignements de la foi ne laissèrent par la suite qu'une trace légère ; mais dans l'existence d'Andrea, tout changea. Tout de suite, dès qu'elle le revit à la fin de la retraite, Giuditta s'aperçut que son fils n'était plus le même. Au lieu de s'élancer passionnément à sa rencontre, comme on aurait pu s'y attendre après une séparation aussi longue, Andrea reçut son baiser avec un air de réserve presque sévère. Une première ride, celle de la méditation, barrait son front, en lui donnant une expression grave qui contrastait avec ses traits enfantins et avec toute sa stature, restée presque trop menue pour son âge. Et il répondit de mauvaise grâce, et presque avec un peu d'impatience, aux nombreuses questions de sa mère.

Les prêtres qui l'avaient instruit, et qui le regardaient avec une grande satisfaction, dirent à Giuditta que pendant ce bref cours de religion, il avait été l'élève le plus attentif et le plus fervent de tous, et qu'il avait montré pour les choses célestes un intérêt rare, au-dessus de son âge. Il semblait, disaient-ils, avide du pain des anges, comme si, jusqu'à la présente circonstance, son aliment naturel lui avait fait défaut.

Une trace passagère de frivolité mondaine reparut en lui, lorsque vint l'heure de mettre son nouvel habit, qui lui avait été apporté par sa mère pour la cérémonie et qui était de serge bleu foncé, avec un revers de velours. Andrea avait toujours été assez exigeant en ce qui concernait ses vêtements, et il ne dissimula pas son plaisir ; puis, lorsqu'il trouva dans la pochette de la veste un sifflet d'argent attaché à un cordon de soie (c'était la note suprême de l'élégance, selon certains couturiers français pour enfants), il déclara, avec un sourire de satisfaction que porter un sifflet comme celui-ci était un usage réservé aux commandants et aux pirates. Mais, triomphant peut-être d'une tentation, il se retint d'essayer le son de ce belliqueux instrument. Et, après cet unique moment de légèreté pendant tout la cérémonie de la confirmation, il se montra si attentif et extasié que l'évêque lui-même le remarqua parmi les autres, et qu'il lui dit, en lui faisant une caresse : « Ah, le beau, le brave petit soldat de l'Eglise ! » Lorsque vint pour lui le moment de recevoir l'eucharistie, ses yeux levés vers le calice brillèrent d'une telle innocence et d'une telle gloire que sa mère, en le voyant, fondit en larmes ; mais Andrea ne parut pas entendre ses sanglots. Après avoir reçu l'hostie, il ferma les yeux, et il sembla alors qu'une lumière s'était éteinte dans la chapelle. Puis il resta pendant de longues minutes, recueilli, à genoux, la tête entre les mains ; et Giuditta, qui regardait sa tête, aux cheveux bien peignés et lissés pour la circonstance, se disait : « Qui sait quelles grandes pensées passent en ce moment même, dans la tête de cet ange ! » Les beaux yeux reparurent enfin, mais, pendant tout le temps que dura la messe, ils restèrent perdus, et fixèrent les illuminations de l'autel. Même pas un regard pour sa mère, pensa Giuditta.

A la fin de la cérémonie, Giuditta reconduisit ses enfants chez elle. La grille du couvent venait à peine de se refermer derrière eux que déjà Laura, avec légèreté, brûlait de retourner à ses jeux. Dans la longue robe de mariée des premières communiantes, avec son voile et sa couronne sur la tête, elle se mit à courir gaiement le long de l'avenue qui conduisait chez elle, méritant ainsi les reproches de quelques passants, qui la rappelèrent à la tenue qui convenait à son costume.

Mais Andrea au contraire marchait avec recueillement, sans s'occuper de sa mère ni de sa sœur, comme un étranger.

Depuis ce jour-là, il se comporta chez lui comme si la vie familiale et les événements domestiques ne le regardaient plus. Ses révoltes, ses haines et ses caprices étaient finis ; mais, avec eux, son affection pour sa mère semblait également éteinte. Si, en sa présence, on mentionnait la danse ou le théâtre, ou si l'on faisait allusion de quelque manière à la profession détestée de Giuditta, seule une ombre de mépris apparaissait sur son visage. Il fuyait non moins qu'avant la compagnie des danseurs, des acteurs, des chanteurs, et de tout ce monde des amis de Giuditta ; mais cette volonté de se tenir à l'écart n'avait plus la même signification qu'autrefois. Même s'il n'y avait pas de visites, il aimait maintenant se mettre à l'écart, il ne recherchait même plus ses camarades, il ne jouait plus avec sa sœur, il semblait toujours plongé dans des pensées trop difficiles pour son âge, à tel point que Giuditta redoutait qu'il ne tombât malade. C'était l'été, les écoles étaient fermées, mais il lisait pendant des heures des livres que lui avaient prêtés les Pères de son couvent, où il se rendait souvent en visite. Les Pères lui expliquaient les passages les plus difficiles des livres qu'il avait lus, et ils en discutaient avec lui, en s'émerveillant de ses observations. La ride de la méditation s'était encore plus profondément gravée dans son front.

Juste à la même époque, un prédicateur célèbre parlait chaque dimanche dans l'église du quartier. Au milieu de la foule qui accourait à ses sermons, ne manquait jamais la présence d'un fidèle, haut d'un mètre à peine, que l'on aurait presque pu prendre pour un gamin de la rue à le juger sur ses vêtements pauvres et négligés, et dont les yeux bleus, brillants, fixaient la chaire, pleins de gratitude et d'interrogation. Un jour, comme le prédicateur parlait de la Passion du Christ, cet auditeur attentif s'émut à tel point qu'il éclata en sanglots désespérés.

Mais on rappelle d'autres épisodes, plus remarquables encore, de ce saint été d'Andrea.

Dans un quartier éloigné de la ville, auprès d'une grande basilique, se dressait un très haut escalier, que l'on appelle la *Scala Santa*, et que des pèlerins et des fidèles venus du monde entier avaient coutume de parcourir à genoux, et parfois pieds nus, afin de mériter l'indulgence divine. Sur les parois latérales de l'escalier, des fresques représentaient les différentes stations de la Passion, et sur le fond de la *loggia* qui en terminait la partie supérieure, resplendissait une mosaïque triomphale avec des saints et des martyrs, tout ornés d'or. Ils semblaient attendre là-haut le pèlerin, pour le fêter au terme de sa pénitence.

Un après-midi, de bonne heure, il se trouva que deux jeunes danseuses de l'Opéra, qui habitaient dans ces parages, se promenaient autour de la basilique. C'étaient les grandes heures désertes de la canicule ; et lorsqu'elles passèrent devant la Scala Santa, les deux danseuses remarquèrent qu'à la base des gradins, là où les fidèles qui se déchaussaient pour commencer leur montée avaient coutume de déposer leurs souliers, il y avait seulement deux minuscules sandales, fort usées et couvertes de poussière. En levant les yeux, on apercevait, tout en haut, un minuscule pèlerin, seul et unique, qui avançait les pieds nus et à genoux, et touchait presque le sommet de l'escalier. La petite taille de ces sandales et celle du pénitent leur propriétaire étonnèrent les danseuses : en effet, selon la règle, seuls des adultes accomplissaient des vœux aussi fatigants. Amusées par ce spectacle insolite, les deux danseuses, qui étaient d'humeur légère, convinrent de jouer un bon tour. Après avoir pris les petites sandales, elles se cachèrent, en les gardant avec elles, derrière le mur de l'escalier, et attendirent la descente du dévot solitaire. Après un moment assez long, il arriva enfin. Avec surprise, les deux jeunes filles cachées reconnurent alors le fils de Giuditta, la danseuse qui travaillait dans le corps de ballet de l'Opéra, et dont toutes les deux fréquentaient souvent la maison, en tant que compagnes de travail.

Une fois redescendu au pied de l'escalier, il tourna son visage baigné de sueur vers le portique du sommet, désormais éloigné, et, après s'être signé, il remit dans sa poche un petit rosaire argenté. Puis il se retourna pour chercher ses souliers; ne les trouvant pas, il balaya la place d'un regard flamboyant et sauvage, avec l'air d'un loup, non encore rassasié, qui s'avance dans un bois dangereux. L'esplanade, brûlée par le soleil, était déserte; il retourna la tête en arrière, et jeta un coup d'œil rapide sur les marches les plus proches de l'escalier. Après quoi, sans chercher davantage ses chaussures, il se retourna d'un bond, et, pieds nus, il s'enfuit.

Les deux danseuses, qui avaient failli étouffer de rire, se précipitèrent alors en dehors de leur cachette, en appelant à grands cris : « Campese! Campese! ».

Andrea s'arrêta et, quand il reconnut les deux jeunes filles qui lui portaient ses chaussures, son visage s'incendia : « Nous avons trouvé ces chaussures », lui dit la plus âgée des danseuses, sur un ton faussement ingénu. « Sont-elles à toi ? » Il s'empara des sandales, les jeta à terre et sans se soucier de les lacer, il les enfila comme si c'étaient des sabots. « Oh ! protesta la danseuse, qu'est-ce que c'est que ces manières ? Je retrouve tes chaussures, et tu ne dis même pas merci ? » « As-tu au moins pensé, ajouta la seconde danseuse, à dire un *Ave* pour nous aussi ? ». Mais, à ces mots, Andrea ne donna d'autre réponse qu'un regard, si courroucé que ces deux folles, malgré elles, en furent intimidées. Puis il leur tourna le dos, et, traînant à terre ses sandales délacées, il s'éloigna rapidement.

Cet épisode, et d'autres du même genre, firent bientôt connaître aux compagnons de Giuditta, et au voisinage, la vocation d'Andrea. On sut que le fils de la Campese renonçait aux plaisirs et aux amusements, et qu'il avait distribué en cadeau son sifflet d'argent, sa pierre à briquet, sa boussole, et tous les autres objets auxquels il tenait, afin de mieux mériter la confiance divine, grâce à ses sacrifices. Contre la volonté de sa mère, il se soumettait au jeûne, renonçait aux mets qu'il préférait ; et, parfois, pendant la nuit, il sortait de son lit, dans lequel, depuis sa première enfance, il dormait à côté de sa sœur Laura, et il s'allongeait sur le carrelage nu : c'est ainsi que, de fait, avaient coutume d'agir les grands saints dont il avait lu les vies. Le cabinet noir, dans lequel il avait autrefois l'habitude de cacher ses révoltes, était devenu son refuge favori ; et, un jour, comme il avait oublié d'en fermer la porte à clef, Giuditta le surprit là, agenouillé par terre, les mains jointes et ses yeux pleins de larmes regardaient avec fascination la fenêtre, comme s'ils voyaient dans cette vitre poussiéreuse des figures divines. Depuis plus d'une heure, il se tenait ainsi : et ses genoux étaient tout rouges et meurtris.

La seule vertu chrétienne qu'Andrea ne pratiquait pas, c'était l'humilité; au contraire, il avait pris, envers toutes les personnes qui n'étaient pas des ministres du culte, une attitude de revanche et de hautaine supériorité. Mais l'orgueil, sur ce visage d'enfant, faisait sourire les gens au lieu de les irriter.

Tous le considéraient comme un saint, ou presque, et beaucoup de mères l'enviaient à Giuditta. Mais elle, qui autrefois avait souvent traité d'importune l'excessive affection d'Andrea, ressentait parfois maintenant une amère déception en voyant qu'il n'avait plus rien d'autre à cœur que le Paradis, et qu'il avait tout à fait oublié qu'il était le fils d'une mère. Désormais, quand elle restait le soir à la maison, lui qui, jadis, célébrait ces soirées comme de grandes fêtes, il était capable de l'abandonner à la cuisine avec Laura, pour se retirer dans sa chambre ou dans son cagibi. Un après-midi, comme Laura se trouvait en visite chez une amie, il lui arriva même (chose inouïe) de laisser sa mère seule à la maison, pour aller faire une visite à ses Pères bien-aimés ! Un jour que Giuditta l'avait invité à une promenade, lui qui attendait jadis ces invitations comme la grâce suprême, il accepta froidement, sans aucune gratitude. Et pendant toute la promenade, il fit une mine boudeuse et distraite, comme si c'était, de sa part, une grande concession que de perdre son temps avec elle.

Atteinte dans son orgueil, Giuditta ne l'invita plus : « S'il y tient, pensa-t-elle, c'est lui-même qui demandera que nous allions nous promener ensemble. » Mais Andrea ne le lui demanda jamais. Quelquefois, en sortant de chez elle, et au moment de lui dire au revoir, Giuditta crut cueillir dans ses yeux un regard interrogatif et apeuré ; mais ce fut probablement une illusion ; enfin, à mesure que les journées passaient, il ne sembla même plus s'apercevoir de la présence ou des absences de sa mère. Quand, au moment de sortir, elle le saluait, il répondait à son adieu avec indifférence, sans lever les yeux de son livre.

Où était passée sa tendresse ? où, ses transports passionnés ? Il ne répondait pas aux caresses de sa mère, il les fuyait même. Et, si Giuditta lui faisait remarquer l'injustice de son comportement, il la regardait avec sa nouvelle expression de détachement dédaigneux, comme pour lui dire : « Quoi, tu prétends encore que je m'abaisse à certaines mièvreries, à des grimaces d'enfant ? Le temps en est passé, chère madame ! Le lieu de mon affection et de ma dévotion est bien différent, maintenant ; et là, il n'est point de place pour une vulgaire danseuse comme toi. Occupe-toi de tes grandes affaires, et ne me dérange pas. »

Il avait un cahier, sur lequel on le voyait parfois écrire longuement, les yeux attentifs, les sourcils froncés. Giuditta, en cachette, alla feuilleter ce cahier, et découvrit qu'il contenait des poésies, dont voici un exemple :

LE SEIGNEUR PARLE À CAÏN

Qu'as-tu fait, ô infâme Caïn ? Tu as fait une action bien cruelle !
Tu as tué ton frère Abel ! ! !
Abel est au Paradis, et le détestable envieux
est griffé par les tigres, au noir désert, pire qu'un lépreux.
Mais le Grand Dieu lui dit : « Ne pleure point, pauvre enfant.
Regarde l'Océan ! Ici s'avance un Voilier ! sur la plus haute vergue flotte un étendard triomphant !
Chiourme, aux voiles ! Regarde les marins !
Ce sont des Archanges et des Séraphins !
Le Capitaine va maintenant paraître,
Regarde ce héros magnifique du Paradis Terrestre !
En avant, mes preux ! courez au gouvernail ! Soyez prompts !
Courage, Caïn, monte sur le pont !
Mon Voilier audacieux fait 2 000 lieues par seconde.
En moins de trois lunes, nous serons au bout du monde.
En vue du Paradis tu verras la beauté du Royaume du grand Sauveur !
Là tu verras un Surhumain, qui est de Satan le vainqueur.
Maintenant tu dois t'agenouiller devant cet Unique Roi.
Et il te donne son pardon et te dit « Veux-tu rester avec moi ? »
Essuie tes pleurs, pauvre Caïn, je t'ai pardonné. Auprès de Dieu brille l'étoile d'Israël.
Marie, dans son luxueux manteau, de toutes les femmes la plus belle.

Giuditta n'avait pas assez l'habitude de la littérature, pour se mettre à épiloguer sur les licences métriques et grammaticales d'une composition poétique. Et la lecture de ces vers l'émut à tel point qu'elle fondit en larmes. Elle était certaine d'avoir vu désormais les preuves du génie et de l'extraordinaire vertu d'Andrea, et cette constatation lui fit regretter, plus encore qu'auparavant, de n'avoir plus la première place dans son cœur. Mais d'autre part, elle aurait eu honte de disputer son fils à ses heureux rivaux, qui n'étaient rien de moins que les Souverains du Ciel ! De plus, un désastre survenu ce jour-là dans sa carrière occupa tous ses sentiments, sans lui laisser le temps ni l'envie de penser à ses déceptions maternelles. Au cours de toutes ces années, elle avait toujours espéré se distinguer finalement, parmi les danseuses de l'Opéra, et de passer au moins au rang de danseuse soliste, en attendant de devenir première danseuse. Et, au contraire, elle fut licenciée à l'improviste par l'Opéra. Elle affirma que cela était dû à une conjuration de ses compagnes jalouses ; mais, dans le milieu du théâtre, l'on disait que c'était la faute de son manque de talent, qui baissait peu à peu au lieu de progresser. Et puis son corps s'était enlaidi, ses jambes étaient devenues trop maigres, ses hanches s'étaient élargies, elle était disgracieuse et déparait le corps de ballet.

L'été était fini, les écoles rouvraient leurs portes. Et lorsque Andrea annonça à sa mère son intention de s'enfermer dans une institution religieuse, qui accueillait les garçons se destinant au sacerdoce, et dans laquelle les Pères qui le protégeaient pouvaient lui obtenir une place presque gratuite, Giuditta trouva que c'était là une ressource providentielle. De fait, elle se préparait à changer de maison. C'était le commencement de ses pèlerinages d'une ville à l'autre, derrière les mirages d'un engagement, ou à la suite de compagnies errantes. Laura fut mise en pension chez une vieille maîtresse d'école, qui se chargea de l'aider dans ses études ; et Andrea entra, en tant que jeune séminariste, à l'Institut d'O., petite ville de province, dans le centre de l'Italie, non loin des frontières avec le Sud.

Lorsque sa vie instable le lui permettait, Giuditta allait lui faire des visites. Toujours vêtue avec beaucoup de dignité, et presque avec austérité (comme cela avait toujours été son habitude, en dehors du théâtre) elle avait tout à fait l'allure d'une vraie dame. Sa silhouette, comme cela se produit souvent chez les femmes de sang sicilien, déclinait rapidement vers une maturité précoce ; mais ses yeux, et les yeux de ses enfants restaient aveugles à cette décadence.

Son petit abbé venait à sa rencontre au parloir, avec sa soutane de serge noire, dans laquelle il s'était mis à grandir trop vite, de sorte que les manches ne réussissaient plus à recouvrir ses poignets délicats. Chaque fois, Giuditta le retrouvait plus grand et plus maigre. Son visage, rond jadis, s'était creusé, à tel point que ses grands yeux semblaient le dévorer ; et sur la ride de la méditation, qui lui creusait le front entre les sourcils, était apparue une nouvelle ride transversale, celle de la sévérité. Il avait toujours, au cours de ses rencontres avec sa mère, un air sévèrement détaché, et si, cédant à sa faiblesse de femme, elle réclamait de lui quelques signes de son ancienne affection, il la regardait durement, en fronçant les sourcils, ou bien il tournait le visage d'un autre côté, avec une expression narquoise. Il ne s'intéressait absolument plus à la vie qu'elle menait. Une fois qu'elle fit allusion à un nouvel espoir (qui par la suite se révéla illusoire) d'entrer dans le corps de ballet de la Scala de Milan, il haussa les sourcils d'un air impertinent, en plissant ses lèvres avec une expression d'indifférence et de mépris. Il répondait aux mille questions de Giuditta avec une réserve ennuyée ; et leurs conversations, en général, en restaient là, parce que, de son côté, il ne lui posait jamais de questions, si ce n'est, à de rares occasions, pour avoir des nouvelles de Laura, sa sœur jumelle. En somme, Andrea traitait sa mère comme le simulacre d'un objet répudié, qui fut vivant dans notre cœur à une époque ingénue, et dont nous ne nous soucions plus.

Mais Giuditta avait, dans le passé, trop bien connu son fils Andrea, pour négliger d'obtenir encore quelques succès diplomatiques au cours de leur conversation. L'instinct et la ruse lui suggéraient, parfois, un sujet opportun, une phrase heureuse, grâce auxquels reparaissait sur le visage d'Andrea son sourire enchanté et désarmé, enfantin. A ces rares instants, son cœur se dilatait d'allégresse.

Une fois, elle se présenta au collège tout heureuse, et elle annonça à Andrea qu'elle s'était accordé une journée de congé, pour la passer avec lui. Elle avait obtenu du Père Préfet la permission d'aller se promener en ville avec son fils, et ils disposaient d'un après-midi entier pour rester ensemble, car il suffisait, avait dit le Préfet, qu'elle reconduisît Andrea au collège avant la tombée de la nuit. A cette invitation, le visage d'Andrea se rembrunit, et il refusa.

« Comment ! Tu refuses de venir te promener avec moi ?

— Oui, je ne veux pas sortir avec toi !

— Allons, voyons ! Oh, mon saint garçon ! Tu me réponds ainsi, exprès pour me contrarier. J'ai fait ce voyage pour avoir l'honneur d'aller me promener avec mon bel abbé. Et lui, il voudrait me le refuser ? Allons, mon beau chevalier, ne fais pas soupirer ta mère. Peut-être trouves-tu que je suis devenue laide, que je ne suis plus digne de tes charmes ? Vite, mon petit Andreuccio, ne perdons pas de temps. Nous irons nous promener ensemble sur le rempart, nous regarderons le panorama des bastions, et nous irons nous asseoir au café pour prendre une glace. Puis nous nous amuserons à regarder les affiches exposées devant le cinéma, où l'on joue ce soir un film... comment s'appelle-t-il, attends ? il s'agit de quelque chose *sur un navire et sur un corsaire.* »

Andrea avala deux ou trois fois sa salive, et proféra un *non* rageur, insultant et définitif.

« Non ? c'est vrai, tu as répondu non ?

— Je ne veux pas sortir avec toi, cela suffit ! » s'écria Andrea avec une violence exaspérée.

« Ah, j'ai donc bien entendu ! tu refuses de sortir avec moi ! et qu'est-ce que tu crois, penses-tu être plus saint pour autant ? Ce n'est pas de la sainteté, cela, mais c'est de l'ingratitude, et de la méchanceté ! Tu t'en repentiras, Dieu te punira d'être si mauvais ! »

Andrea haussa une épaule, et regarda, non pas vers sa mère, mais d'un autre côté, avec une expression de sombre raillerie, comme pour dire que, sur le sujet de Dieu, Mme Campese aurait mieux fait de se taire.

« Oui, Dieu te punira, tu seras puni, tu seras puni !

Et pourquoi ne veux-tu pas sortir avec moi ? Tu sors bien avec ces vieilles soutanes du collège (belles promenades, tous en rangs, comme des brebis, des bêtes à manger du foin), et pas avec moi ? Ah, tu veux la savoir, la vérité ? Je vais te le dire, je ne te l'ai jamais dit, mais cette fois-ci je vais te le dire ! Ils t'ont monté la tête contre moi, ces bigots, voilà la vérité vraie ! Ils t'ont dit que ta mère est une mauvaise femme, et que si tu vas avec elle, tu finiras en enfer ! Alors, tu peux dire de ma part à messieurs tes maîtres que le chemin du paradis, je le connais mieux qu'eux ! Et que le jour où je retrouverai ton pauvre père, je pourrai le serrer dans mes bras, le front haut, et lui dire : « Voici ton épouse. Telle tu l'as laissée, telle tu la retrouves. » On peut faire du théâtre, et rester une femme honnête, dis-le à tes Révérends Pères ! Et le mérite de l'honnêteté est encore plus grand ! Tu dois savoir que Giuditta Campese est une dame, qu'elle fut, qu'elle a été et qu'elle sera toujours une dame ! Et si elle est artiste, c'est qu'elle aime l'art ; mais sur le chapitre de l'honnêteté, même sainte Elisabeth ne fut pas plus honnête qu'elle ! »

Andrea était pâle, énervé, mais il proclama, avec un accent agressif :

« Ici, personne ne s'intéresse jamais à toi ! Je n'ai jamais parlé de toi à personne !

— Alors, voyons, pourquoi refuses-tu de sortir avec moi ? Quelle idée nouvelle t'est donc passée par la tête ? tu as bien le sang fanatique de tes aïeux, de ces têtes dures de Siciliens ! Ah, quand tu es né, et que j'étais si contente d'avoir un garçon, qui aurait dit que je m'étais fabriqué, avec mon propre sang, mon pire ennemi ? Dis-le donc, je te fais honte ? c'est là la raison ? tu as honte de sortir avec moi ? »

Giuditta pleurait amèrement. Andrea tremblait de la tête aux pieds, ses lèvres décolorées palpitaient, mais plutôt de colère, semble-t-il, que de compassion. Il serra les poings, et s'écria, d'une voix saccadée :

« Ah, pourquoi viens-tu ici me voir ? Pourquoi ne cesses-tu pas de venir ici ? »

Et il s'enfuit du parloir, en courant à toutes jambes.

Interdite, ses yeux pleins de larmes agrandis par l'épouvante, Giuditta remua les lèvres pour l'appeler ; mais Andrea avait déjà disparu. A ce moment, un prêtre traversait le couloir : Giuditta baissa les yeux pour cacher ses larmes et se composa une expression pleine de dignité. Elle abaissa sa voilette, enfila ses gants, et, d'un pas tranquille, comme une dame qui a pris congé après une visite régulière et satisfaisante, elle se dirigea seule vers la sortie. Un paquet de décalcomanies, qu'elle avait oublié de donner à son fils au cours de cet orageux entretien, était encore accroché à son poignet.

Lorsque, quelques mois plus tard, elle revint voir Andrea, de même que pendant ses visites successives, elle ne dit jamais un mot de ce qui s'était passé entre eux ce jour-là. Jamais plus elle n'osa lui demander de sortir avec elle ; elle avait avec lui des manières humbles, craintives, et évitait tous les sujets qui auraient pu le fâcher. De son côté, Andrea conservait sa réserve habituelle, mais qui se mêlait maintenant d'une timidité enfantine. Souvent il rougissait, ou tordait sans raison ses fines mains blanches, et, à tout instant, pour se donner une contenance, il se lissait les cheveux avec les doigts. S'il lui arrivait de sourire ou de rire, il baissait les yeux, ou tournait la tête, avec une expression incertaine, à mi-chemin entre la sauvagerie et la confiance.

Leurs rencontres étaient devenues assez brèves. Certaines fois, tous les sujets ou les prétextes de conversation venant à manquer, ces visites, pour lesquelles Giuditta avait fait un long voyage en train, duraient quelques minutes à peine. Il semblait vraiment que Giuditta et Andrea n'avaient rien à se dire ; il leur arrivait de rester tous les deux en silence, pendant plusieurs minutes, assis l'un en face de l'autre, sur les hautes chaises noires du parloir. Tout en cherchant en vain, dans son esprit, quelque invention qui pût intéresser ou amuser Andrea, la visiteuse le regardait sans cesse. Elle regardait ces joues, qui, de face, étaient amaigries, mais, de profil, avaient encore la rotondité de l'enfance ; et ce front (avec la ride de la méditation et celle de la sévérité) à demi caché par une mèche que sa main inquiète ne laissait jamais en paix ; et ces beaux yeux qui fuyaient les siens. Elle se sentait prise d'un désir désolé de serrer son petit prêtre entre ses bras, mais elle n'osait pas même en esquisser le geste, tellement il lui en imposait. Jusqu'au moment où, mortifiée, confuse, comme quelqu'un qui s'ennuie, ou, au contraire, redoute d'être importun, elle partait à la hâte.

Ces visites de Giuditta se répétaient d'habitude trois ou quatre fois par an. Pendant les intervalles, Andrea recevait de sa mère des cartes postales, et (assez rarement) quelques lettres, expédiées de villes toujours différentes, qu'il n'avait jamais vues, et dont parfois il ne connaissait même pas le nom. Les lettres de Giuditta ne donnaient jamais aucune nouvelle précise, ni sur son existence présente, ni sur ses projets d'avenir. Il faut aussi ajouter que, depuis le temps où elle fréquentait le cours élémentaire, Giuditta n'avait jamais brillé en rédaction. Son style était compliqué et hâtif à la fois, et, de plus, tellement plein de fautes que le dernier de la classe, à l'école d'Andrea, méritait d'être traité de professeur de belles-lettres par rapport à elle. Mais son écriture était majestueuse, grande, anguleuse, et pourtant riche en volutes, avec des majuscules parfaitement démesurées.

Andrea lui répondait en adressant toujours, selon leurs accords, à la poste restante de Rome : réponses dépourvues de toute effusion, mais toujours ponctuelles et diligentes.

Vers la quatrième année de leur séparation, il advint que plus de huit mois s'écoulèrent, sans que Giuditta se fît voir. Il n'arriva pas d'autres signes de vie de sa part que les mandats-poste habituels de chaque trimestre, adressés à l'administration du collège, et quelques cartes postales pour son fils, dont deux ou trois venaient d'Autriche, et une d'Afrique française. Elles ne contenaient que quelques lignes de salutations, à travers lesquelles Andrea crut toutefois comprendre que l'artiste errante n'avait plus retiré son courrier à la poste restante. Puis, les deux derniers mois les cartes n'arrivèrent même plus.

Un jour, après une promenade, Andrea, en rangs avec ses compagnons, traversait une rue de la petite ville lorsque, sur une affiche de théâtre collée au mur, il vit le portrait de sa mère. Son émotion fut si forte que le sang lui monta au visage. Personne d'autre, naturellement, ni le Père qui les accompagnait, ni aucun de ses camarades, n'avaient reconnu cette personne, ni manifesté d'intérêt pour l'affiche : il n'est pas permis, en effet, à des yeux consacrés à Dieu de s'attarder sur des images de ce genre. Andrea s'arrêta, en feignant de lacer un de ses souliers, et, sans en avoir l'air, en regardant par en dessous vers l'affiche, il lut :

SALLE DE THÉÂTRE GLORIA

Ce soir, à 21 h 30

FEBEA

La Grande Vedette Internationale
Au retour de ses triomphes viennois,
Présente ses Danses Classiques
arabes, persanes et espagnoles.

Au-dessous de ces mots, était reproduit, au centre, parmi d'autres personnages, le visage de Giuditta, couronné d'une espèce d'étoile aux rayons ondulants, les yeux cerclés d'un grand halo noir, et portant sur le front un pendentif couvert de pierreries. Puis on lisait encore :

Le spectacle commencera par le programme habituel
de grandes attractions

PIERROT PREMIER,
LE PRINCE DES BOITES DE PARIS
JOE RUMBA. AVEC SES 15 GIRLS 15

Etc., etc.

En proie à de terribles battements de cœur, Andrea rejoignit au pas de course la file de ses compagnons. FEBEA ! Il ne faisait pas de doute que, sous ce nom, se cachait la danseuse Giuditta Campese.

A huit heures du soir, les collégiens se retiraient dans les dortoirs et, à neuf heures, tout le collège dormait. A dix heures et demie, dans la petite ville de province, régnaient le désert et le silence de la nuit la plus profonde.

Le dortoir long et étroit était péniblement éclaire par la lueur bleuâtre de la veilleuse, allumée au-dessus de la porte, auprès des rideaux du Père surveillant. On distinguait les formes blanches des petits lits, et, sur les parois blanchies à la chaux, les crucifix noirs, et le portrait, encadré d'ébène, du Saint fondateur de l'ordre. Andrea resta tranquille pendant deux heures, en faisant semblant de dormir, alors que, plus qu'éveillé, il était sur le point de devenir fou d'impatience. Lorsqu'il entendit sonner dix heures, il sauta hors de son lit, et, sans faire plus de bruit qu'un moustique, il se rhabilla (sans remettre ses chaussures, dont il noua les lacets autour de son poignet) et sortit du dortoir.

Il aurait été inutile de se risquer à franchir le portail principal, ou la petite porte de service, qui étaient barrés et verrouillés comme les entrées des châteaux forts, et, de plus, surveillés par le portier ; mais Andrea connaissait, sur le côté du réfectoire, une petite fenêtre fermée par un simple volet de bois, et qui donnait sur un terre-plein, à moins de trois mètres de hauteur. Après s'être avancé à tâtons le long des couloirs puis dans la sombre rampe des escaliers de pierre, il retrouva cette fenêtre sans encombre ; de là il ne lui fut pas difficile de se glisser en bas. Une fois à terre, il remonta sa soutane jusqu'à ses genoux, et sans perdre de temps à enfiler ses chaussures, les pieds couverts de ses seules socquettes de coton, il se mit à courir vers les grilles.

Le vieil édifice du collège s'élevait juste à l'extérieur des murs de la ville, là où la fin de l'éclairage des rues marquait la limite avec la campagne. La lune était couchée depuis déjà deux heures, mais le firmament d'été (on était au début de juin) donnait une clarté quasi lunaire, dans la nuit splendide. Andrea se retourna un instant pour regarder la façade du collège ; seules, quelques rares petites fenêtres étaient allumées : celles des Pères qui, chaque nuit à tour de rôle, veillaient en prière dans leur cellule. Le long de l'aile de l'édifice, là où se trouvait l'église, les couleurs des vitraux étaient faiblement éclairées par les lampes à huile, qui, nuit et jour, brûlaient à l'intérieur des chapelles. Et, du côté des murs, sur l'arc de la grille, on voyait, comme une tache blanche contre le ciel clair, l'écusson de marbre de l'Ordre.

Andrea se dirigea du côté de la colline, là où le mur d'enceinte, datant du XVIIe siècle, s'était effondré à la suite d'un glissement de terrain, et était remplacé par un simple grillage de fil de fer. Et, après avoir enjambé la grille avec agilité, malgré l'embarras de sa soutane, il se lança à la course, à travers les champs.

A moins d'un kilomètre de là, dans une métairie, habitait un de ses amis, d'un ou deux ans plus âgé que lui. Il s'appelait Anacleto, c'était le fils aîné du métayer, et Andrea avait fait sa connaissance au cours d'une promenade de sa classe à la campagne. Andrea savait que, depuis quelque temps, Anacleto dormait dans l'écurie, sur une couche de feuilles de maïs, car il s'était pris d'affection pour un poulain né deux mois plus tôt de la jument de son père. L'écurie avait une fenêtre basse, munie d'une simple grille, d'où Andrea pourrait réveiller son ami sans que personne d'autre l'entendît.

Ce fut donc une désagréable surprise pour le fugitif de trouver que la fenêtre de l'écurie, contre toute prévision, était éclairée, et qu'il en sortait deux voix qui chantaient ensemble, avec un accompagnement de guitare. L'une des voix, plus virile, tenue en sourdine, lui était inconnue ; dans l'autre, encore acerbe et dont le chant était plus alerte, il reconnut la voix de son ami. Donc, Anacleto n'était pas seul ; et cela rendait l'entreprise beaucoup plus risquée et douteuse. Andrea, incertain sur le parti à prendre, demeura quelques minutes caché derrière le mur de la maison. En dépit des circonstances dramatiques, son oreille écoutait avec plaisir la chanson d'amour chantée par les deux voix, et les notes de la guitare. Enfin, décidé à affronter toutes les conséquences possibles de son audace, il s'approcha de la fenêtre éclairée.

Une lampe à pétrole, suspendue à une poutre de la mangeoire, répandait à l'intérieur une belle lumière claire. La jument, avec sa tête penchée sur la mangeoire, mastiquait son avoine, et le long de son flanc, le petit poulain jouait comme un enfant : cette scène de bonheur domestique serra d'envie le cœur d'Andrea. A un pas des deux chevaux, Anacleto était assis sur une couverture rougeâtre étendue sur le sol battu, en compagnie d'un jeune militaire, à la tête ronde et rasée, qui jouait de la guitare. En dehors de ces deux garçons, il n'y avait personne d'autre, dans l'écurie, et cela fut un soulagement pour Andrea ; « Anacleto ! appela-t-il, d'une voix basse et animée, sors un moment, je dois te parler ! »

Surpris par cette apparition comme par un fantôme, Anacleto se dressa rapidement, et courut au-dehors, tandis que le militaire, nullement intrigué, restait assis en train de chercher un air sur son instrument, comme si, à ce moment, c'était là son principal intérêt sur cette terre.

Après avoir entraîné son ami à l'abri derrière le mur de la maison, Andrea lui expliqua qu'il était sorti du collège en cachette parce qu'il devait, avec la plus grande urgence, se rendre en ville pour rencontrer une personne. Cette rencontre lui importait plus que la vie, mais il ne pouvait se montrer en ville habillé en séminariste. Anacleto accepterait-il de lui prêter ses vêtements ? Avant minuit, en rentrant au collège, Andrea les lui rapporterait, et reprendrait sa soutane. « Et si, dans l'intervalle, les Pères s'apercevaient de ta disparition ? — Alors je quitterai le collège pour toujours. Mais tu peux être tranquille, rien ne pourra faire sortir ton nom de mes lèvres, pas même une torture médiévale ! »

Imaginant un roman d'amour, Anacleto se disposa à satisfaire son ami. Cependant, il ne portait sur lui que son pantalon, et, au-dessus de la taille, il était nu. Ses autres vêtements se trouvaient dans sa chambre, mais il aurait été imprudent d'aller les chercher, au risque de réveiller sa famille, et surtout sa sœur (qui était une curieuse). On décida de consulter le militaire guitariste ; c'était un ami digne de confiance, venu passer avec Anacleto les dernières heures de sa permission, qui se terminait à l'aube. Ce jeune homme, dont la courtoisie fut égale à la discrétion, s'appelait Arcangelo Giovina, mais on l'appelait Gallo (le coq) à cause de ses boucles rousses qui faisaient sur sa tête une touffe hardie, comme une crête. Cependant, comme on l'a dit, il s'était présentement fait raser ses mèches, pour qu'elles repoussent plus belles à la faveur de l'été.

De près, à la lueur de la lampe à pétrole, sa tête ronde, aux traits enfantins, apparaissait déjà recouverte d'un léger duvet roux. Ce détail, Dieu sait pourquoi, remplit le cœur d'Andrea de confiance et de familiarité. Quand il eut appris ses difficultés, Gallo proposa spontanément de lui prêter sa propre chemise d'uniforme, qui était de ces chemises de type américain, en toile « coloniale », alors en usage dans notre armée. Bien qu'Andrea eût beaucoup grandi les derniers temps, et que d'autre part, ni Gallo ni Anacleto ne fussent assurément des géants, les pantalons d'Anacleto et surtout la chemise coloniale étaient pourtant d'une taille un peu trop grande pour Andrea. De plus, les pantalons étaient d'une toile de campagne si raide, qu'ils pouvaient, comme on dit, tenir debout tout seuls. Mais dans les circonstances présentes, cela aurait été de l'ingratitude, de la part d'Andrea, que de se préoccuper de semblables vétilles.

Il fut établi qu'Andrea laisserait sa soutane dans une certaine grange à foin, à deux cents mètres environ de la maison, où, à son retour, il pourrait la remettre à nouveau, à la place des vêtements prêtés. Quant à ces derniers, il les laisserait tomber à l'intérieur par la grille, quand il repasserait devant l'écurie, sans déranger le sommeil de Gallo et d'Anacleto qui devaient se lever à quatre heures.

Trois quarts d'heure à peine s'étaient écoulés depuis sa fugue, et Andrea s'avançait dans son déguisement à travers les ruelles mal éclairées de la ville... Il ne rencontrait que quelques rares passants ; parmi ceux-ci, Andrea choisissait ceux dont l'aspect était le plus bienveillant pour se faire indiquer son chemin. Onze heures sonnaient lorsqu'il se trouva dans l'entrée du théâtre.

C'étaient donc là les portes mystérieuses que son propre décret lui avait rendues inaccessibles durant toute sa vie, jusqu'à ce jour ! En dépit de sa haine et de son refus, leurs mystères avaient dominé son enfance. Son imagination désobéissante lui avait fait entrevoir, au-delà, des mirages extraordinaires ; et ceux-ci, bien que mille fois chassés avec dédain, se rallumaient toujours au mot *théâtre*. Etincelant et décoré comme une mosquée d'Orient, peuplé comme une place à la fête de l'Epiphanie, noble comme un château féodal, et sans repos, jamais, comme l'océan ! Ah ! pauvre Andrea Campese ! Le théâtre te semblait si invincible, si bien armé que, devant un semblable rival, ton cœur, provoqué au grand combat, recourut à la forteresse suprême du Paradis !

Au-dessus de la porte, une enseigne lumineuse, un peu abîmée, indiquait : T ATR GLORIA. Sur les deux côtés étaient exposées les photographies des artistes ; parmi celles-ci, le collégien fugitif reconnut à nouveau Febea, et ses battements de cœur reprirent de plus belle. On la voyait sous un double aspect : une photographie reproduisait son image tout entière, avec une jambe découverte jusqu'à la hanche et une cheville chargée de bijoux ; et une autre ne montrait que sa tête, souriante, avec une fleur sur l'oreille, et, sur les cheveux, une dentelle noire.

Le hall du théâtre, illuminé par un globe électrique poussiéreux, et sans autre ornement que quelques affiches bariolées contre les murs, était coupé, vers le fond, par une balustrade en bois. Au-delà de celle-ci, et près d'une minuscule porte à deux battants, se tenait debout une gracieuse jeune fille, de dix-huit ans environ, qui portait sur la tête une sorte de calot militaire, sur lequel était inscrit, en lettres d'or : *Teatro Gloria*. Au-dessous de son calot, descendaient presque jusque sur ses épaules de beaux cheveux bruns, tout en ondulations et en boucles naturelles ; et ses jambes nues, bien que développées et robutes, étaient d'une couleur fraîche et rose, comme les jambes des enfants. Serrée dans sa robe de satin artificiel, couleur cerise, dans laquelle elle semblait avoir trop grandi, elle avait une attitude martiale et dédaigneuse, comme les militaires de garde à la porte du Palais Royal. De temps en temps, elle épiait avec curiosité entre les battants de la petite porte (à travers lesquels on entendait jusque dans la rue des chansons, des claquements de talons, et le son de divers instruments). Ou bien elle s'occupait en allant et venant derrière la balustrade de bois, et bâillait sans discrétion, comme font les chattes.

Il n'y avait personne d'autre qu'elle, dans le hall du théâtre. Le guichet des billets était fermé et le bureau lui-même était désert. Sur la vitre du guichet, était collé le tarif des entrées : à ce moment seulement, lorsqu'il vit cette pancarte, Andrea se souvint que pour entrer dans les théâtres, il faut acheter un billet, et qu'il n'avait pas même une lire sur lui.

Il s'avança d'un pas résolu vers la jeune fille, mais, malgré sa volonté de se dominer, il tremblait comme s'il avait été en présence du Pape.

« C'est par ici que l'on entre dans le théâtre ? » demanda-t-il d'un air tellement hautain qu'on aurait pu le prendre pour le propriétaire de ce théâtre et des principaux théâtres du continent.

« Pour entrer, il faut un billet », répondit la jeune fille, de l'autre côté de la balustrade. « Est-ce que tu l'as, ton billet ? »

Andrea devint rouge comme la braise, et fronça les sourcils.

« Non ? Alors, il n'y a rien à faire. La vente est terminée ! » déclara la jeune fille. Puis, voyant l'expression troublée, mais obstinée d'Andrea, elle ajouta, sur un ton de condescendance protectrice : « Et, à cette heure-ci, cela n'en vaudrait même pas la dépense. Le spectacle s'achève d'ici quarante minutes ! »

Ce ton offensa Andrea : « Cela m'est bien égal, si cela finit d'ici quarante minutes, répondit-il d'un air agressif. Je ne suis pas quelqu'un du public ; si j'avais voulu, j'aurais pu entrer sans billet, dès le début de la représentation !

— Et qui es-tu donc, pour entrer sans billet, la patrouille ? Qui es-tu ? L'inspecteur en chef ?

— De quoi vous mêlez-vous ?

— Moi ? Mais écoutez-moi cette comédie ! De quoi je me mêle ? Je me mêle de vous faire savoir que pour passer par ici, il faut un billet... Vous, si vous n'avez pas de billet, donnez-moi l'argent de l'entrée, cent cinquante lires. Maintenant, on va bien voir. Eh ! Monsieur doit avoir oublié son portefeuille chez lui, et aussi son carnet de chèques.

— Je connais une artiste du théâtre, Mme Febea !

— *Vous* la connaissez ! Et est-ce que l'artiste *vous* connaît, *vous ?*

— Elle me connaît par cœur, depuis un siècle ! Essayez donc de lui dire que je suis là, et vous verrez bien si elle ne dit pas de me faire entrer tout de suite, aux meilleures places !

— Oh, je vous crois bien, allez ! Ça se voit au premier coup d'œil, que vous êtes un viveur. Je parie qu'en ce moment, elle est en train de penser à vous, votre chanteuse ! Je vais vous donner un conseil. Pourquoi est-ce que vous ne montez pas dans les loges des artistes ? Comme ça, si votre dame vous envoie promener, revenez vous consoler ici avec moi, et je vous emmènerai voir *Les aventures de Mickey.*

— Elle m'a donné rendez-vous !

— Oh, alors, dans ce cas, ne la faites pas tant soupirer ! Regardez, ce n'est pas par ici que vous devez passer, mais par l'entrée des artistes, la première porte à droite, dans l'impasse. Il y a un concierge, qui était autrefois gardien de prison. Lui, il devine tout de suite le genre de gens qui ont de la chance avec les artistes. Il vous fera monter sans même vous demander de renseignements !

— J'ai rendez-vous, mentit encore une fois Andrea, l'ennemi du mensonge, sur un ton de protestation hautaine.

— Et il insiste encore ! Monsieur a rendez-vous !

Avec Madame Febea ! C'est pour ça que vous vous êtes mis si élégant, ce soir ? Vous allez faire des ravages dans le théâtre ! Hein, pour venir à votre rendez-vous, vous avez volé les pantalons de votre père, et la chemise d'un Américain ! »

La fille, maligne comme elle l'était, avait peut-être déjà deviné qu'il était un fugitif, et peut-être se préparait-elle à le dénoncer. Il ne lui restait qu'à s'éloigner, à s'éloigner au plus vite !

Les yeux d'Andrea lancèrent sur la jeune fille un dernier regard méprisant et intrépide, mais elle s'aperçut qu'en même temps, son menton tremblait. Elle fut alors presque prise de remords, mais il était trop tard désormais pour faire quelque chose. Ce noctambule fanfaron lui avait tourné le dos sans plus lui répondre, et, en un instant, il avait disparu.

Décidé, malgré tout, à trouver Febea, Andrea quitta l'entrée principale du théâtre, et tourna à gauche, dans une ruelle mal pavée et sans éclairage ; il y trouva aussitôt la petite entrée indiquée par la jeune fille. C'était la seule porte ouverte, à cette heure de la nuit, et elle laissait entrevoir, au fond d'un vestibule, un vieil escalier à demi plongé dans l'obscurité ; sur la droite du vestibule, derrière une petite porte aux vitres cassées et réparées avec du papier journal, on apercevait un concierge-cordonnier, occupé à taper sur des semelles dans un appentis, à la lumière d'une lampe qui descendait du plafond, presque jusque sur sa table. La physionomie de cet homme lui parut effrayante.

Andrea s'aplatit contre le mur de l'édifice, à côté de la petite porte d'entrée, de façon à rester caché à la vue de cet homme. Il n'avait pas le courage de se présenter devant cet ancien geôlier de bagne ; et alors, que faire ? Attendre, caché dans cette ruelle, la sortie des artistes ? Mais Andrea se méfiait de la jeune fille au calot : n'était-il pas possible qu'elle lui ait menti ? qu'elle l'ait dirigé vers cette porte pour se moquer de lui, et pour se débarrasser de lui, ou même pour le faire tomber dans un piège ?

De la ruelle on voyait le pavé de la petite place voisine, sur laquelle l'enseigne lumineuse jetait une clarté bleuâtre. De l'intérieur du théâtre venait un écho affaibli de sons et de chants, et Andrea, le cœur serré de jalousie, comparait la fête qui régnait derrière ces murs avec les ténèbres menaçantes de l'impasse. Personne ne passa par-là sauf une grosse chienne de berger, peut-être isolée de son troupeau qui transhumait, au-dehors de la ville, dans la nuit. Sans qu'il fût nécessaire de rien dire, la chienne comprit aussitôt qu'Andrea voulait rester caché. En se gardant bien d'aboyer et de faire du bruit, elle tourna tout autour de lui avec sollicitude, comme pour lui offrir sa protection. Puis elle s'assit sur ses pattes de derrière, devant lui, et resta à le contempler en silence, d'un air complice, en agitant gaiement la queue. Andrea pensa : « Ce chien serait peut-être content de m'avoir pour maître, de même que je serais content de l'avoir à moi. Nous pourrions être heureux ensemble ! et pourtant, c'est impossible. Nous ne savons rien l'un de l'autre, et nous allons bientôt être de nouveau séparés, et nous ne nous rencontrerons jamais plus. » Il claqua les doigts sans bruit, et la chienne, comprenant son intention, s'approcha aussitôt de lui, et baissa sa grosse tête blanche pour se faire caresser. Puis elle lécha à la hâte, amoureusement, la main d'Andrea, et cela parut être son salut : en effet, aussitôt après, appelée par ses devoirs inconnus, elle disparut dans la nuit.

Son départ laissa Andrea en proie à la nostalgie la plus torturante. Il pensait aux Pères, qui, là-bas au collège, veillaient en prière dans leur cellule ; il pensait à ses compagnons, parmi lesquels deux ou trois en particulier lui étaient plus chers que tous les autres (cependant, à ceux-là même il avait tenu caché le projet de sa fugue) ; et il compara ces affections faciles à l'éternelle, à l'impossible amertume qui ce jour-là se cachait à lui sous ce faux nom de Febea ! Un sentiment sauvage de condamnation, comme pour un bandit sans espoir de rachat, assombrit son esprit. A ce moment-là, la sonnerie unique d'une cloche se fit entendre du campanile : il était onze heures vingt-cinq ! Un quart d'heure plus tard, le spectacle serait fini, et Andrea fut pris par la crainte que les artistes n'eussent la possibilité de sortir par un autre côté du théâtre sans qu'il les vît. Il jeta un coup d'œil, de biais, vers la loge éclairée ; le concierge-cordonnier était penché sur son établi, une poignée de pointes serrées entre les lèvres, tout occupé à taper sur une semelle. Sans hésiter davantage, Andrea se glissa rapidement dans le vestibule, atteignit l'escalier, et resta là un instant, le souffle coupé. Aucun signe de vie dans le corps de garde : le portier ne l'avait pas vu !

Comptant découvrir un chemin quelconque pour atteindre les loges des artistes, Andrea monta les escaliers en courant. Dès le premier palier, il vit de la lumière filtrer sous une porte entrouverte. Il poussa le battant, et se trouva dans une très haute pièce mal éclairée, avec un plancher de bois. Il y avait là une motocyclette appuyée contre le mur, un tas de planches sur lequel était renversé un projecteur éteint ; une espèce d'énorme paravent de carton sur lequel étaient peints deux dragons, et une petite tour carrée en bois, haute de trois mètres peut-être, et dont un côté manquait : à son sommet était hissé un petit étendard rouge, avec une inscription en caractères orientaux.

La grande pièce semblait déserte ; mais on entendait derrière une cloison un ouvrier invisible taper avec un marteau. Ces coups providentiels couvrirent le bruit des pas d'Andrea, qui put gagner l'extrémité de la grande pièce sans se faire remarquer. Il se trouva là en face d'une grande porte, avec un rideau baissé, derrière laquelle on entendait des voix, tandis que, sur le côté gauche, un petit pont en planches inclinées, qui montait jusqu'à une soupente, se présenta à sa vue. Andrea, évitant la grande porte, passa rapidement dans la soupente, où, à travers une petite porte doublée de liège, qui s'ouvrit sans bruit, il se retrouva arrêté sur un étroit palier, entre deux petits escaliers de bois ; le premier montait, le second descendait. En se confiant au hasard, il prit le second, et à ce point il commença à entendre distinctement le chant syncopé d'une femme, des sons d'instruments et un bruissement confus.

Il fut pris alors par une émotion si extraordinaire que ses forces étaient sur le point de l'abandonner. En descendant, il rencontra deux portes peintes en vert. L'une, qui semblait fermée de l'extérieur, ne portait aucune indication. L'autre, tout au bout de l'escalier, avec ses deux battants joints, portait un écriteau imprimé avec ce mot : *Silence*.

Il se faufila entre les deux battants ; et là, au-dessous de lui, tout juste séparée de lui par quelques marches feutrées, il vit s'ouvrir la salle de spectacle elle-même !

Son premier instinct fut de reculer. Mais personne ne faisait attention à lui. Rapidement, les yeux baissés, il descendit les marches et, après avoir tout de suite trouvé une place libre au bout d'un rang, il s'y nicha. Son voisin, un homme robuste, en manches de chemise, lui jeta à peine un coup d'œil indifférent.

L'air, dans le parterre comble, était lourd, chargé de fumée de cigarettes ; et les lumières étaient toutes éteintes, mais le carré éclairé de la scène illuminait de sa splendeur toute la salle, jusqu'aux dernières rangées de sièges. Pendant plus d'une minute, Andrea n'osa pas lever les yeux vers la scène. Dans ce point lumineux, une femme alternait les pas d'une danse avec des mesures de chant, et cette voix s'était aussitôt fait reconnaître de lui, non par ses accents qui lui échappaient mais à cause d'une sorte d'alerte que son cœur lui avait donnée aussitôt qu'il l'avait entendue. C'était le double sentiment d'une possibilité heureuse et d'une négation cruelle : il la connaissait trop bien depuis ses premières années pour pouvoir s'y tromper. Andrea se demandait avec confusion ce que cela pouvait signifier, car sa mère était une danseuse, non une chanteuse : elle ne lui avait jamais fait savoir qu'elle chantait au théâtre !

Il osa, enfin, regarder droit vers la scène, et il n'eut plus de doutes. Et voilà qu'il sentit revenir son ancienne, son horrible amertume, qu'il pensait peut-être avoir un peu domptée ! Sur la scène, seule, se trouvait sa mère — Febea : jamais autant aimée auparavant, et jamais avec une telle évidence, impossible à atteindre, comme maintenant !

Dans un costume d'une élégance inouïe, qu'il n'est pas donné de revêtir aux femmes que l'on rencontre sur cette terre, pas même aux plus riches, mais aux seuls personnages fantastiques des peintures ou des poésies ; suivie, à chacun de ses mouvements, par de grands cercles de lumière qui s'allument pour la magnifier, elle toute seule, et qui font étinceler ses yeux creusés qui semblent énormes ! Elle est l'éclat suprême des fêtes nocturnes, son nom mystérieux est l'honneur des rues et des places. Quel autre artiste pourrait supporter de lui être comparé ? Aucun des autres chanteurs et danseurs, dont le théâtre expose le portrait, n'intéresse Andreuccio. C'est déjà beaucoup s'il a honoré leurs portraits d'un regard à peine : ils sont les pauvres satellites de Febea, et c'est l'effigie de Febea, qui, comme le soleil, occupe le centre des affiches ! Elle est l'unique point de mire des hommes et des femmes, qui se contentent de la voir d'en bas, sans même qu'elle les connaisse et les salue ! Et, parmi eux, qui est Andrea ? un intrus, qui pourrait être expulsé de la salle pour n'avoir pas acheté son billet. Personne assurément ne le croirait (et tous se moqueraient de lui, comme le faisait, peu de temps auparavant, la fille au calot), s'il disait que, quelques années plus tôt encore, il vivait sous le même toit que Febea. Que, peu de mois auparavant il recevait ses visites au collège, et qu'elle lui envoyait des cartes postales et des lettres ! Un tel passé lui semble maintenant légendaire, à lui aussi. Cette merveilleuse artiste (il n'a plus l'audace de penser qu'elle est sa mère) l'a désormais oublié depuis des mois, elle ne répond plus à ses lettres, et elle ne l'a même pas cherché en arrivant ici, dans la ville même où il habite ! Du reste, c'est mille fois mieux ainsi, il veut lui-même qu'il en soit ainsi ! C'est lui qui a repoussé cette femme, c'est lui-même qui a refusé d'aller se promener avec elle, parce qu'il voulait en finir, avec une mère pareille ! Son ennemi, c'était précisément l'excès même de splendeur de sa mère, qui filtrait au-dehors de la maison, et éclairait tout le monde, tandis qu'il l'aurait voulu pour lui tout seul. Ainsi, c'est fini, Andrea Campese n'est le fils de personne, c'est fini.

Et comment a-t-il pu, sans honte, mentir et dire à la jeune fille au calot qu'il avait rendez-vous avec Febea ! Lui, il savait bien qu'il mentait, non seulement par rapport à la vérité, mais même par rapport au possible ! Il est clair comme le jour, désormais, que Febea (si grande est son indifférence envers Andrea Campese) même si elle en était priée, refuserait de lui accorder un rendez-vous ; et maintenant, si la jeune fille au calot lui demandait son témoignage, elle serait prête à démentir ces vanteries ; finalement, elle serait ennuyée de savoir que là, dans le théâtre, il y avait cet indiscret, le petit abbé déguisé : et si quelqu'un lui annonçait, dans sa loge : « Il y a là, dehors, un certain Andrea, qui est venu vous voir », elle dirait : « Qui ? Andrea ? Je n'en ai jamais entendu parler. Dites-lui que *je ne reçois pas*, et arrangez-vous pour qu'il s'en aille. »

A ce point de ses considérations, Andrea décida fermement de quitter le théâtre à la hâte, dès que le rideau serait tombé, sans aller à la recherche de sa mère, ni lui faire savoir qu'il était venu là ; et de traverser à nouveau au pas de course, seul dans la nuit, les rues et la campagne jusqu'au collège. Et puis, si sa fugue est découverte, et si les Pères, en conséquence, décident son expulsion, il s'en ira en Sicile et se présentera à un chef de brigands, pour faire partie de sa bande.

Je le regrette, mais ce furent des impiétés de ce genre, ni plus ni moins, que fut capable de penser, là, sur ce siège usurpé du Teatro Gloria, celui qui avait eu la présomption, peu de temps auparavant, d'être sur la voie de la sainteté !

Les chimères qui s'étaient emparées de son esprit prirent une évidence si cruelle qu'il se mit à sangloter. Pendant les premiers instants, il n'eut pas même conscience de s'être abandonné à une semblable faiblesse ; et il s'en rendit compte tout d'un coup, pour sa plus grande honte. Presque au même instant, un ricanement insultant de son voisin le fit sursauter, et il se figura naturellement que c'était lui qui l'avait provoqué, avec ses sanglots déshonorants. Or mille autres ricanements, sur le même ton, résonnaient de tous les côtés de la salle. Etait-il possible que toute la salle se fût aperçue de son déshonneur ? Personne, à vrai dire, ne faisait attention à Andrea Campese. A travers toute la salle courait un murmure croissant, des phrases triviales furent criées du fond, et, bien vite, dans le vacarme orageux, la voix de la chanteuse ne fut plus qu'à peine audible. Elle continuait cependant à faire comme si de rien n'était, tout en faisant ses pas et en chantant ses couplets sur le rythme du petit orchestre, qui continuait à jouer. Andrea, de son côté, tardait à comprendre ce qui se passait. On entendit un homme crier : « Assez ! » et un autre : « Assez ! Va te coucher ! » « Va te rhabiller ! » « Rentre chez toi, va te laver la figure ! » « Assez ! Assez ! » La petite voix apeurée de l'artiste ne s'entendait presque plus sous les sifflets et les huées ; et ce fut seulement à cet instant qu'Andrea se rendit compte que l'objet de cet infâme assaut était Febea ! Il sauta de son siège ; et au même moment, il vit le pianiste, en bas dans l'orchestre, qui laissait tomber ses bras le long de son corps, dans une attitude de résignation. A son tour, le violoniste se leva, et déposa d'un air presque furieux son archet et son violon sur sa chaise, tandis que le saxophoniste cessait de souffler et restait là, suspendu sur son instrument, avec une expression interrogative. Seul le batteur continua encore, pendant quelques instants, à taper sur la cymbale et à apppuyer sur la pédale du tambour, comme extasié par son propre vacarme.

Febea demeura quelques instants muette et immobile au milieu de la scène : puis soudain elle tourna les épaules, et disparut rapidement derrière les décors. Immédiatement le rideau se referma, et les lumières se rallumèrent dans la salle, tandis que le public poussait en chœur une exclamation de soulagement affecté, plus offensante que toutes les insultes précédentes. Andrea, le visage sombre, tout tremblant de fureur, serrait les poings avec le désir confus d'affronter quelqu'un dans ce public, et de l'assommer ! Mais il se trouva serré et poussé par la foule qui encombrait les passages vers la sortie.

Avec une colère violente, il se défendit contre cette bousculade, jusqu'au moment où il se retrouva isolé, parmi les derniers, dans le parterre à moitié vide. Sous le plafond bas de la salle, la lumière des lampes électriques mettait en évidence la vilaine peinture des murs, qui imitait un marbre jaunâtre, le parquet de bois terne, poussiéreux, parsemé de mégots et de vieux papiers, et l'orchestre désert, avec des chaises éparses, en désordre, autour du piano fermé et de la batterie.

Sur le côté de l'orchestre, un petit escalier de bois conduisait sur la scène. Andrea se précipita en haut de cet escalier, écarta le rideau et traversa la scène. Deux employés, qui démontaient les décors, lui crièrent : « Eh ! toi, qui est-ce que tu cherches ? » Il haussa les épaules et alla se jeter en courant contre un groupe de filles costumées en marins, qui posaient pour une photographie dans la lumière aveuglante d'un projecteur. « Eh là, tu es bien pressé ! regarde donc où tu marches ! » protestèrent les filles, et le photographe, furieux, s'écria qu'il avait gâché sa pellicule et lui lança une bordée d'injures. Enfin, après avoir couru au hasard à travers un désordre de caisses vides, de monceaux de planches et de décors en bois, il se retrouva sur le même étroit palier, d'où il était descendu dans le théâtre. Une jeune fille avec un grand chapeau noir et les jambes nues descendait l'escalier. « S'il vous plaît », demanda-t-il, « Mme Campese ? — Qui ? — Mme... Febea ? — Ah, la Febea ! Monte par cet escalier, elle est dans sa loge. »

Au sommet de l'escalier, dans le couloir sur lequel donnaient les loges, s'était réuni un petit groupe de personnes, qu'Andrea vit confusément, car il était trop troublé pour les observer ou pour écouter leurs discours. Quelques phrases pourtant parvinrent à ses oreilles ; comme il arrive, elle ne devaient lui revenir à l'esprit et lui révéler leurs sens que quelques jours plus tard.

« Elle pleure. » « Eh oui, c'est triste, pourtant elle devrait se connaître ! N'a-t-elle trouvé personne pour le lui dire ? Elle ne se regarde pas devant la glace ? Avec ces hanches déformées, qui lui donnent l'air d'une vache, et ces jambes squelettiques, elle se présente en collant de soie, pour la *danse classique*, comme si elle était la Toumanova ! Elle n'a pas d'oreille, elle a une voix éraillée comme une cigale, et elle a la prétention de chanter ! » « *Au retour de ses triomphes viennois !* Eh bien, à ce qu'il semble, ils doivent bien s'y connaître, les Viennois ! » « La pauvre, elle veut faire la libellule, avec ce qu'elle pèse, et à son âge ! » « Quel âge peut-elle avoir ? » « Elle dit qu'elle a trente-sept ans... Elle serait peut-être plus indiquée pour des sketches, pour des rôles comiques... »

Andrea apostropha brusquement l'un d'entre eux : « S'il vous plaît, Mme Febea ? » On lui indiqua une petite porte, éclairée, au fond du couloir ; en s'approchant, Andrea entendit venir de l'intérieur un bruit de sanglots. Une petite foule de femmes encombrait cet étroit espace, et il se fraya un passage parmi elles en jouant des coudes, comme s'il était sur une place un jour de révolution.

Entourée par plusieurs femmes (artistes ou femmes de service) au milieu d'une quantité de chiffons, assise devant une misérable coiffeuse couverte de désordre et de saleté, sa mère (si digne d'habitude !) sanglotait sans pudeur, avec une passion frénétique, tout à fait comme les femmes du peuple de l'Italie du Sud. En même temps, elle arrachait de ses cheveux de grands peignes voyants et les bijoux qu'elle portait, tout en répétant : « Assez, assez, c'est fini ! »

« Maman ! » s'écria Andrea.

Sous ses cheveux dépeignés qui lui retombaient sur la figure, elle fixa sur lui ses beaux yeux orageux, assombris par le crayon noir, comme si elle ne le reconnaissait pas aussitôt. Puis, malgré le masque de son maquillage, l'on vit son visage se transfigurer ; et avec une voix aiguë, pleine d'affection charnelle (exactement la voix des mères siciliennes), elle cria :

« Mon petit Andreuccio ! »

Il se jeta dans ses bras, et commença à pleurer avec une telle violence qu'il croyait ne plus pouvoir s'arrêter. Enfin il se rappela qu'il était un homme, et, étouffant ses pleurs, il s'écarta d'elle. Il éprouva alors une immense honte à s'être abandonné de cette manière au milieu de toutes ces femmes étrangères ; et il tourna sur elles des regards menaçants, comme s'il avait l'intention de les exterminer toutes.

Sa mère le regardait avec un rire enivré :

« Mais comment as-tu fait ! Comment peux-tu être ici ! »

Haussant une épaule, il dit :

« Je me suis enfui !

— Enfui du collège ! Et... ta soutane ? »

Il haussa de nouveau une épaule, et sa mèche retomba sur ses yeux. Puis, avec un petit sourire indifférent, il enfila ses mains dans les poches de ses pantalons.

Il se défendit de la curiosité de toutes ces femmes en évitant de les regarder en face, et en les lorgnant à peine, par-dessous ses paupières, avec une expression de défi et de bravade à la fois. Sa mère le contemplait comme s'il était un héros, un partisan qui avait passé les lignes ennemies.

« Tu t'es sauvé du collège... pour venir ici, me voir ?

— C'est évident ! »

Ces femmes, autour d'eux, faisaient de grands commentaires et un grand bruit. Il fronça les sourcils, et, par-dessus la ride de la méditation, la ride de la sévérité creusa profondément son front.

« Saint ! Mon ange saint ! Mon cœur ! » s'écria sa mère, en lui embrassant les mains.

Fébrilement, elle se nettoyait le visage avec un mouchoir imbibé de crème. Puis elle se cacha derrière un rideau pour ôter sa double jupe de tulle, son corsage de pierres précieuses, le collant de soie qui lui recouvrait tout le corps (comme un bas immense) et mettre son convenable costume noir, et son chapeau avec une voilette. Quand elle fut habillée, elle commença à ramasser (derrière le rideau, sur le portemanteau et dans un panier placé derrière la coiffeuse) diverses jupes, des tutus, des plumes, des diadèmes, qu'elle jeta en désordre dans une valise, en disant :

« Assez. Demain je ne jouerai pas. Vous pouvez le dire à la compagnie. Au revoir. » Elle avait, en disant ces mots, les manières royales et capricieuses d'une prima donna, et elle prononça le mot *Compagnie* avec une grimace de mépris, comme si elle faisait allusion à des personnes vulgaires, incapables d'apprécier l'art véritable. Nous laissons de côté pour l'instant deux ou trois phrases un peu malicieuses et perfides, qui furent données en réponse par l'une de ses compagnes présentes dans la loge, et sur lesquelles l'esprit d'Andrea devait revenir plus tard (comme sur les commentaires malveillants qu'il avait entendus précédemment dans le couloir).

Après avoir salué toutes ces femmes, elle prit Andrea par la main, en le conduisant au-dehors, pour descendre par le petit escalier, vers la rue. Malgré l'émotion de cet instant, Andrea eut honte d'être traité en enfant, et dégagea sa main de celle de sa mère. Puis, fronçant les sourcils, il lui prit, pour la porter lui-même, la valise qu'elle tenait dans sa main droite. Alors, non seulement elle lui céda aussitôt la valise, mais, avec une intuition merveilleuse, elle s'appuya à son bras !

Le portier-cordonnier, cette fois, leva les yeux à leur passage ; mais Andrea passa devant la loge avec une expression si méprisante que, s'il gardait encore à peine un peu de dignité humaine, le gardien dut se sentir réduit en cendres, et avoir honte de tout son passé et des milliers de fois où, avec un sinistre tintement de clefs, il avait refermé la porte d'une cellule !

« Voiture ! » cria Giuditta dès qu'ils furent sur la petite place. Et aussitôt, au coup de fouet complaisant du cocher, un joli cheval pie, qui portait un grelot au cou, se dirigea vers nos deux passants. Giuditta semblait tout à fait guérie de sa grande et récente douleur. Folle de joie, et plus passionnée qu'Andrea ne l'avait jamais vue auparavant, quand elle fut assise auprès de lui dans la voiture, elle se serra à son bras en lui disant : « Ah ! mon cher petit chevalier, ange de mon cœur, quel précieux cadeau j'ai reçu ce soir ! » Elle donna au cocher l'adresse de son hôtel, décidant qu'Andreuccio devait dormir avec elle, cette nuit ; c'est elle-même qui s'occuperait, dès le lendemain matin, de le justifier auprès des Pères. Mais Andrea se souvint alors de son devoir, c'est-à-dire de la promesse faite à Anacleto et à Arcangelo Giovina de rapporter à l'écurie leurs vêtements avant une heure du matin. « Eh bien, je t'accompagne », dit Giuditta, « la voiture nous conduira le plus loin possible, et elle nous attendra là, avec la valise, en attendant que nous soyons revenus de l'écurie. Puis elle nous conduira à l'hôtel. »

Et la voiture, annoncée par son joyeux grelot, traversa à nouveau les mêmes rues qu'Andrea, une heure plus tôt, avait parcourues, méfiant comme un voleur, et seul avec le triste soupçon (et même avec la quasi-certitude) de n'être plus aimé.

Que ce soupçon semblait maintenant absurde ! avec quel dépit s'éloignait son ombre noire, au milieu de sa compagnie de spectres, au-delà de l'horizon étoilé de cette nuit merveilleuse !

Au bout d'une ruelle, il fut impossible à la voiture de continuer davantage, et Andrea, en compagnie de sa mère, en descendit pour rejoindre à pied la grange où il avait caché sa soutane. En avançant rapidement dans l'herbe haute, pas encore fauchée, ils mirent en fuite une toute petite grenouille dont ils virent la minuscule ombre sautillante reparaître dans un sentier voisin. Et Andrea pensa aussitôt : « Certainement, elle retourne maintenant à l'étang, où l'attend sa mère la Grenouille. » Non seulement les champs calmes, les montagnes et la terre endormie, mais le ciel même, lui semblaient des salles affectueuses où se réunissaient des familles, heureuses comme lui-même était heureux à ce moment. L'Ourse dans le ciel avec ses mille filles, et auprès du fleuve une famille de peupliers, et ici une grosse pierre, auprès d'une autre pierre plus petite, comme une brebis avec son agneau. Ils furent bientôt auprès de la grange, où Andrea, après avoir retiré son costume civil, allait remettre sa soutane, mais Giuditta (qui s'était attristée à la simple vue de ce vêtement noir) le dissuada, avec des arguments très justes, de se montrer, cette nuit-là, habillé en séminariste. Et comme, après avoir retiré les habits prêtés, Andrea n'avait pas de quoi s'habiller, elle le revêtit d'un grand châle andalou, partie d'un de ses costumes de scène, qui n'avait pas trouvé de place dans sa valise et qu'elle portait, replié sur le bras. De toute façon (expliqua-t-elle pour convaincre son fils), de la cabane à l'écurie, on ne pouvait rencontrer personne ; ils feraient croire au cocher qu'il avait trempé ses vêtements, en tombant par accident dans l'étang ; quant à l'hôtel, ils n'y trouveraient, à cette heure, que le veilleur de nuit (à moitié endormi derrière son comptoir, dans la sombre entrée) et ce dernier, habitué au va-et-vient des gens de théâtre, ne s'intéresserait certainement pas au passage d'un châle andalou, et prendrait peut-être Andrea pour une jeune fille.

Giuditta resta à l'attendre près de la cabane, pendant qu'Andrea, enveloppé dans l'immense châle andalou, courait vers l'écurie d'Anacleto. Selon sa promesse, il fit tomber les vêtements prêtés à travers la grille de la fenêtre, sans réveiller les dormeurs. A vrai dire, son châle l'amusait tellement qu'il fut assez tenté d'appeler Anacleto et son ami : la seule pensée de se montrer à eux, déguisé de cette façon, le faisait rire. Mais, bien qu'à contrecœur, il renonça à son idée. Dans l'écurie, la lumière était éteinte, et, des ténèbres tranquilles, montait dans l'odeur familière de foin et de litière de cheval, un ronflement viril et sympathique : « C'est sûrement le militaire », pensa Andrea. Puis il entendit un léger grognement : « Ce doit être Anacleto qui rêve. » Puis il distingua un soupir, à peine un souffle, et Andrea imagina que c'était le petit poulain. « Merci, Anacleto, murmura-t-il, merci, Giovina. Dormez bien, tous, et vous aussi, les chevaux. Bonne nuit. » Et, après ce salut, il se remit à courir à travers champs dans son grand châle andalou, vers sa mère qui l'attendait.

Aucune explication ne fut nécessaire, car ni le cocher, ni le veilleur de nuit de l'hôtel ne montrèrent aucune curiosité pour Andrea ni pour son châle ; à vrai dire, accoutumés l'un et l'autre à servir des gens de théâtre, ils devaient désormais s'être habitués à des personnages et à des comédies de toutes sortes. L'hôtel, qui était plutôt une auberge, s'appelait *Albergo Caruso;* il était tenu par un Napolitain qui avait décoré chaque chambre avec de petits tableaux en couleurs représentant le Vésuve ou une joyeuse figure de tarentelle. La chambre de Giuditta (garnie de quelques meubles de série, de ce style qui paraissait fantaisiste et moderne trente ou quarante ans plus tôt) était munie, comme toutes les autres chambres de l'hôtel, de deux petits lits, mais Giuditta l'occupait seule, car elle avait refusé, pour son prestige, de la partager avec aucune de ses compagnes. Entre les deux lits, sur le plancher inégal (l'immeuble était fort ancien) était étendue une petite descente de lit, avec un motif de losanges presque effacé.

Une lampe unique, pendue au milieu du plafond, donnait une faible lumière, et s'éteignait et se rallumait à chaque instant, car l'interrupteur qui s'était décloué du mur et pendait au bout de son fil, était cassé. Dans un coin de la pièce, il y avait un lavabo, avec l'eau froide courante, muni d'un seul essuie-mains fort léger et tout humide, qui portait, estampillés en noir, les mots *Albergo Caruso*. L'un des murs s'ornait d'un tableau en couleurs représentant le Vésuve qui fumait, et, au premier plan, un beau vieillard, avec une barbe digne de celle de Moïse et une grande ceinture rouge drapée, qui regardait fumer le volcan, et, pour son compte personnel, fumait la pipe avec un plaisir évident.

La fenêtre, sans rideaux, donnait sur une cour tranquille, d'où venaient un léger bruit d'eau, et de temps en temps, les cris des chats de gouttière.

Giuditta retourna et refit soigneusement l'un des deux petits lits, pour Andrea. Dès qu'elle le vit là, couché, elle s'accroupit à ses pieds, sur la descente de lit, comme une chienne, et, le regardant avec une tendresse et une fidélité indicibles, elle s'écria : « Mes beaux yeux, yeux saints, étoiles de votre mère, ah ! cela me paraît un songe de vous voir ici, dans cette chambre, dans ce petit lit ! Madone, est-ce que ce n'est pas un rêve ! » Et elle se frotta les yeux, comme pour s'assurer qu'elle était bien éveillée : à ce geste, elle éclata en sanglots, et, tout en souriant en même temps, elle dit, tout exaltée :

« Andreuccio, veux-tu que nous fassions un pacte, nous deux, cette nuit ? veux-tu écouter mon projet pour l'avenir ? Je me retire pour toujours du théâtre, et tu quittes le collège. Nous retournons à Rome, nous reprenons notre petite Laura, et nous installons de nouveau une maison. J'ai encore un peu de rentes, de

Palerme, et je m'aiderai en donnant quelques leçons de danse, tant que vous deux, vous n'aurez pas fini vos études. Lauretta et toi, vous vous inscrivez au Lycée à Rome, et nous vivrons tous les trois ensemble, et tu seras le chef de la famille. »

A ce discours, Andrea éprouva une telle émotion de joie, qu'il en frissonna de la tête aux pieds :

« Toi, demanda-t-il, tu ne retourneras plus sur le théâtre ?

— Jamais plus », déclara-t-elle en fronçant dédaigneusement le front, et en le contemplant au milieu de ses sanglots, tout en se tordant les mains, comme si elle craignait qu'il ne refusât le pacte. « Jamais plus si tu le veux. Mais toi, tu ne me laisseras pas seule ? Tu renonces à ton collège, tu renonces à devenir prêtre ? Oui ? Tu me dis oui ? oui ? oui ? »

Il la fixa avec une expression consciencieuse et sévère ; puis il dit, avec un geste affirmatif :

« Bien sûr, si nous installons de nouveau une maison, il faut un chef, pour la famille ! »

Giuditta lui saisit une main et la couvrit de baisers. A ce moment (lui dit-elle par la suite), il avait tout à fait pris un air de Sicilien : de ces Siciliens sévères, hommes d'honneur, toujours en train de surveiller leurs sœurs, pour qu'elles ne sortent pas le soir, qu'elles n'encouragent pas leurs soupirants, qu'elles ne mettent pas de rouge à lèvres ; et pour lesquels le mot *mère* signifie deux choses : *vieille* et *sainte*. La couleur qui convient aux vêtements des mères est le noir, ou, à la rigueur, le gris et le marron. Leurs vêtements sont sans forme ; car personne, à commencer par les couturières des mères, ne va penser qu'une mère ait un corps de femme. Le nombre de leurs années est un mystère sans importance, puisque, de toute façon, leur seul âge est la vieillesse. Cette vieillesse informe a des yeux saints qui pleurent, non pour elle-même, mais pour les enfants ; elle a des lèvres saintes, qui récitent des prières, non pour elle mais pour les enfants. Et malheur à celui qui prononce en vain, devant ces enfants, le saint nom de leurs mères ! malheur ! c'est une offense mortelle !

Après avoir conclu le grand pacte, Giuditta s'attarda avec Andrea à faire des projets pour l'avenir. Pour commencer, il fut établi que, aux premières heures du matin suivant, elle se rendrait au collège pour communiquer aux Pères la décision prise par son fils de n'y plus retourner. Puis, en toute hâte, elle irait acheter un costume civil, tout fait, pour Andrea. Car ce dernier, en dehors de sa soutane et d'un peu de linge, ne possédait pas sur terre d'autre costume, que celui, devenu maintenant trop petit, qu'il portait lorsqu'il était entré au collège, encore enfant.

Comme il n'avait rien à se mettre sur le dos, Andrea ne pourrait se lever de son lit avant que sa mère ne fût revenue de ses courses. Mais elle était sûre de faire si vite qu'elle le retrouverait certainement encore endormi.

Tous ces discours de Giuditta furent interrompus par une arrogante voix de femme, qui, de la pièce voisine, lui cria, tout en frappant énergiquement contre une porte commune : « Eh, dites ! Il est trois heures ! quand est-ce que vous nous laisserez dormir ? »

Giuditta s'enflamma de colère, et bondissant vers la porte, elle s'écria : « Ah, regardez qui proteste ! c'est vous, justement, qui, pendant tout l'après-midi, m'avez empêchée de me reposer une minute avec les répétitions de vos gloussements ! Et la nuit dernière ! Il vaut mieux ne pas en parler ! J'ai dû m'en boucher les oreilles de honte ! Et ce sont elles ! ce sont ces deux-là qui font les mijaurées ! »

On entendit dans la pièce voisine un grognement, puis quelques rires étouffés ; et une voix de femme, différente de la première, s'écria, avec un accent de moquerie :

« *Triomphe viennois !* »

Giuditta resta un instant hésitante, comme si elle était sur le point de se jeter contre la porte ; mais elle se domina, et lança au contraire, à l'intention de son invisible adversaire, ce seul mot, dont l'intention insultante (indubitable, à en juger par le ton) reste absolument mystérieuse :

« *Ténor !* »

Puis elle éteignit la lumière, et, après s'être déshabillée dans l'obscurité, elle se coucha dans son petit lit.

Une minute plus tard, comme il entendait de brèves plaintes, et des soupirs hachés, Andrea remua les lèvres, en imaginant qu'il disait :

« Maman, ne pleure pas. »

Mais en réalité, il ne prononça pas un mot, parce qu'à ce même instant, il tomba endormi. Il se réveilla brusquement, à peine une heure plus tard (l'aube ne pointait pas encore). Ce fut la pensée de Dieu qui le réveilla. Il se rappela qu'il n'avait pas dit ses prières avant de s'endormir, et qu'il n'avait jamais, au cours de cette nuit, même un seul instant, même par une simple pensée, demandé pardon à Dieu pour les horribles infractions qu'il avait commises. Il n'osa pas alors se repentir, ni prier : désormais, il était un déserteur, il avait renoncé à la conquête du Paradis ! Et il lui sembla voir les Milices célestes : immense flotte armée, brillante d'acier, d'ailes saintes et de bannières, qui s'éloignait et disparaissait derrière les nuages, en laissant sur la terre le traître Campese ! A cette idée, Andrea pleura amèrement de nostalgie et de remords. Le jour commençait à poindre, et avec la première lumière, lui apparut entre ses larmes une grande forme noire, qui pendait à la poignée de la fenêtre : c'était le châle andalou, qui lui sembla l'image même de sa honte. Il fallait qu'il eût vraiment perdu le sentiment de l'honneur, cette nuit, pour s'être recouvert d'un tel haillon humiliant sans en éprouver de honte, et même avec un certain plaisir. Mais, vaincu par l'angoisse et la fatigue, il se rendormit.

Ce fut Giuditta qui le réveilla : la matinée était avancée, et elle revenait, toute contente d'avoir exécuté ses commissions. Le fantôme de l'aube s'était évanoui. Elle lui apportait un costume complet, acheté dans le magasin le plus élégant de la ville : un costume *d'homme*, c'est-à-dire en tout et pour tout, finition et coupe, d'un style parfaitement masculin, avec des pantalons longs, et une veste d'été, à un seul bouton, aux épaules bien rembourrées. Le génie et la chance avaient à ce point assisté Giuditta que la taille du costume correspondait exactement à la stature d'Andrea, et il n'était pas nécessaire d'en retoucher un pli ou une couture. Une providence réellement miraculeuse lui avait permis de trouver aussi une petite chemise de soie blanche, munie d'un faux col et de manchettes, qui semblait absolument coupée pour Andrea. Et, naturellement, elle n'avait pas oublié la cravate, à rayures rouges et bleu foncé, qui portait, à l'intérieur, une étiquette de satin jaune (pour acquérir toutes ces élégances, Giuditta avait vendu sa trousse d'or).

Et comme, après avoir enfilé le costume, la première chose que fit Andrea fut d'enfiler ses mains dans les poches, il découvrit que les deux poches de la veste contenaient une surprise. Dans l'une, il y avait un portefeuille en peau de porc, et dans l'autre, un paquet de cigarettes américaines !

Andrea rougit de satisfaction, et tourna vers Giuditta un sourire de fierté et de gratitude immense.

Par la suite, et en l'espace de quelques mois, ces souvenirs devaient déchoir et se corrompre. Le pacte réciproque de Giuditta et d'Andrea fut respecté, et leurs projets exécutés. Mais il ne fallut pas longtemps pour qu'Andrea commençât à comprendre que son pacte avec Giuditta, et toute sa vie antérieure, lui avaient caché une tromperie. En réalité, sa mère n'avait pas renoncé au théâtre par amour pour lui, mais parce qu'il ne lui restait pas d'autre voie possible, et il y avait longtemps, sans doute, qu'elle se préparait à une telle résolution. L'insuccès définitif de cette fameuse soirée avait été, peut-être, plus cuisant que les autres, mais il n'était assurément pas le premier. Désormais, dans n'importe quelle ville ou quel théâtre, toutes les soirées de Giuditta finissaient dans l'insuccès et la mortification, voilà la vérité ; et même les plus modestes impresarii de province lui refusaient souvent des engagements. Elle était finie comme danseuse classique, et n'était pas bonne pour les *variétés* ou les *revues*. Enfin, cette nuit-là, Giuditta n'avait rien sacrifié à Andrea, et elle n'avait eu recours à lui que parce que le théâtre l'avait repoussée.

Cette première amertume fut, pour Andrea, comme une magicienne munie d'un miroir dans lequel, peu à peu, se dévoilèrent à lui les figures véritables de toutes ses illusions. Il arriva à se convaincre que, non seulement sa mère n'avait jamais été la fameuse artiste qu'il imaginait quand il était enfant, mais qu'elle n'avait non plus jamais été une artiste incomprise, ni même une artiste. Le scandaleux insuccès de cette dernière soirée n'avait pas été (comme il l'avait puérilement supposé) l'effet inouï et monstrueux de l'ignorance provinciale. Certes, le public de cette petite ville était ignorant, grossier et stupide ; mais aucun public au monde ne pouvait admirer Giuditta Campese, qui possédait uniquement l'ambition, et non pas le talent. C'est à ce moment que revinrent à la mémoire d'Andrea les paroles malignes qu'il avait entendues ce soir-là, au théâtre, dans le couloir des loges. Il les avait bien entendues à ce moment-là, ces paroles, mais, comme des soldats qui préparent une embuscade, elles avaient couru se réfugier dans une cachette de son esprit, d'où elles reparurent, pour l'attaquer par surprise. Andrea les réentendit, une par une, et il apprit qu'elles concernaient sa mère. C'étaient des paroles odieuses, de cruelles ennemies dont il voulait se défendre ; mais enfin, est-ce qu'elles mentaient ? Attention, Andrea, sois sincère, quelle réponse peux-tu donner ? Est-ce que ces paroles *mentaient ?* Non, elles disaient la vérité ! Giuditta Campese n'était plus une belle femme. Peut-être n'avait-elle jamais été vraiment belle, mais maintenant elle était finie, c'était une vieille.

Pour ces raisons, il eut pitié d'elle, et lui pardonna. Mais le pardon qui naît de la pitié est un parent pauvre du pardon qui naît de l'amour.

La transformation de Giuditta la danseuse en une mère a été invraisemblable, miraculeuse. Maintenant, Giuditta ressemble exactement à ces mères siciliennes qui s'enferment chez elles, et ne voient jamais le soleil, pour ne pas porter ombrage à leurs enfants. Qui mangent du pain sec, et laissent le sucre pour leurs enfants. Qui se promènent dépeignées, mais qui ont une main légère pour faire des boucles sur le front de leurs enfants. Qui s'habillent de cotonnade rapiécée, comme les sorcières, mais quant à leurs enfants, à cause de leur élégance, il faut les appeler *Madame* et *Mylord*.

Andrea cependant ne lui est pas reconnaissant de tout cela. Il la regarde avec des yeux pleins d'indifférence et de mélancolie. Il est nerveux, taciturne, et ne se soucie nullement de faire le chef de famille. On dirait presque qu'il a honte d'avoir une famille. Il ne se donne aucunement la peine de surveiller sa sœur ; si elle est invitée à une fête ou à une réception, il refuse de l'accompagner. Et il ne va jamais à l'église, il a même retiré la gravure du Sacré-Cœur à la tête de son lit.

Il a encore grandi, ces derniers temps ; il est désormais plus grand que Giuditta. Il est maigre, et un peu gauche dans ses gestes. Ses joues ne sont plus tendres et lisses comme avant. Et sa voix, qui, il y a quelques mois encore, était délicate comme celle d'une fauvette, est devenue fausse et rude.

Les petites danseuses de Giuditta arrivent pour la leçon de danse : il ne les regarde même pas en face, et, méprisant, agacé, il s'en va. Il passe de longues heures hors de la maison. Où va-t-il ? Qui rencontre-t-il ? Mystère. Une dame, la mère d'une élève de Giuditta, a averti Giuditta, en confidence, qu'on le voit souvent dans un café de banlieue *avec une bande de jeunes gens dépenaillés, fanatiques et subversifs.*

Giuditta n'ose pas interroger Andrea, tant il l'intimide. Elle est orgueilleuse de son fils, et, dans son cœur, elle ne lui donne jamais tort, car elle est convaincue qu'il est destiné à quelque chose de grand.

Andrea imagine souvent l'avenir comme une sorte de grand théâtre d'opéra, derrière les portes duquel se presse une foule inconnue, mystérieuse. Mais le personnage mystérieux entre tous, qu'il ne connaît pas encore lui-même, il n'y en a qu'un : Andrea Campese. Comment sera-t-il ? Il voudrait imaginer son personnage futur, et se plaît à prêter à cet Inconnu des aspects victorieux, éblouissants, des triomphes et une éternelle désinvolture. Mais, bien qu'il la chasse, il retrouve, toujours présente, comme une statue, une image, toujours la même, importune :

« *un triste, un arrogant Héros*
serré dans un Châle Andalou ».

DU MÊME AUTEUR

Aux Éditions Gallimard

L'ÎLE D'ARTURO

MENSONGE ET SORTILÈGE

LA STORIA

ARACOELI

Impression Bussière à Saint-Amand (Cher),
le 27 janvier 1989.
Dépôt légal : janvier 1989.
1er dépôt légal dans la collection : juin 1984.
Numéro d'imprimeur : 7263.
ISBN 2-07-037579-X./Imprimé en France.

45364